그대
정동진에
가면

이순원

자연과 성찰이라는 치유의 화법으로 양심과 영혼을 일깨워 온, 우리 시대 최고의 작가. 『수색, 어머니 가슴속으로 흐르는 무늬』로 동인문학상, 『은비령』으로 현대문학상, 『그대 정동진에 가면』으로 한무숙문학상, 『아비의 잠』으로 효석문학상, 『얘들아 단오가자』로 허균문학작가상, 『푸른 모래의 시간』으로 남촌문학상을 수상했다. 또 『아들과 함께 걷는 길』 『19세』 『나무』 『워낭』 『고래바위』 등 자연을 닮은 작품으로 수많은 독자들의 마음을 사로잡고 있다. 2011년에는 이탈리아 작가 엠마누엘레 베르토시의 그림책 『눈 오는 날』을 강원도 사투리로 번역해 토박이말의 진수를 선보였다. 2013년부터는 이순원 그림책 시리즈 『어머니의 이슬털이』 『어치와 참나무』 그리고 『엄마가 낮잠을 잘 때』를 출간하여 다양한 세대의 공감과 소통을 이끌어내고 있다.

그대 정동진에 가면

이순원

북극곰

그대
정동진에
가면

| 차례 |

꽃잎 터널을 지나서

　꼭 이렇게 가지 않으면 안 되는 것일까.

　그리고 그런 주저는 또 이 길 떠남에 대한 내 마음의 어떤 절차인 것일까. 지난밤까지만 해도 급하게 떠나지 않을 것처럼 하면서도 아침이 되어선 언제 그랬냐 싶게 기어이 서울을 떠나왔다. 강릉에 도착해서도 무얼 망설이듯 날이 어두워지기를 기다려 이제 얼마 남지 않은 길을 다시 떠나는 동안에도 나는 운전보다는 오직 한 생각으로 그 생각에만 붙잡혀 있었다. 그곳에 가면 찾아보고 만나봐야 할 어느 한 사람과 이제 내 눈으로 직접 확인해봐야 할 어느 한 가지가 있었다.

서울을 떠나온 게 10시 반이었고, 강릉에 도착한 게 2시 반이었다. 남은 20분의 길을 위해 네 시간이나 더 해가 지길 기다리고 어둠이 내리길 기다린 것이었다. 그러다 이제 이것이 내가 가는 길의 이쪽과 저쪽의 마지막 경계이지 싶은 터널 앞에 이르러 다시 한 번 숨을 고르듯 그 생각을 했다. 내 기억이 틀리지 않다면 그날 그 이름 역시 틀림없는 그녀였다. 무슨 이유 때문인지는 알 수 없으나 지난 가을 동해에서 그녀는 내 앞에 바로 오지 못하고 다른 사람을 시켜 왔다갔다. 그때 내가 책 겉장을 열고 적은 이름 '김미연'은 어린 시절 내 기억 속의 그 아이가 틀림없었다. 뒤늦게야 그것을 안 것이었다.

그 사이 자동차는 이미 터널 안으로 몸을 집어넣었다. 잠시 전 터널 입구에서 보았던 도로표지판엔 '동해 1호 터널'이라고 밋밋하게 쓰여 있었지만, 터널의 덮개를 이루는 산의 이름이 '화비령'이라는 건 누구보다 내가 더 잘 알고 있었다. 터널을 통하지 않고도 해안을 따라 들어가는 길이 있었지만 (자동차로 해돋이를 보러 떠나는 사람 대부분이 그렇게 갈 것이다) 나는 이미 번잡해져 있을 그쪽 바다보다 예전 내가 살았던 산 밑 마을을 먼저 보고 싶었다. 떠난 다음 다시 와 보지 않았어도 꿈엔들 잊을 것인가. 그 산의 꽃들….

한자로는 그 '화비령'을 어떻게 쓰는지 모르겠으나 어린 내 기억 속의 화비령은 봄마다 붉은 꽃잎이 바람에 눈처럼 날리던 산이었다. 그러니까 그 '화비령'이라는 이름만으로도 나는 드문드문 눈 덮인 어두운 산의 터널이 아닌, 내 어린 기억 속에 안타깝도록 붉게 타오르던 꽃잎 속을 지나가고 있는 중이었다. 방향을 짐작하자면 내가 달려나가는 이 터널 오른쪽에 영동광업소가 있었고, 왼쪽에 바다와 어린 시절 늘 부러운 마음으로 그 언저리를 배회하던 강릉광업소와 화성광업소가 있었다. 그러나 세 탄광 다 예전에 문을 닫고 말았을 것이다. 한때는 그 탄광들로 바다 쪽과는 비교가 안 될 만큼 번성했던 마을이 산 밑에 있었다.

실제 터널을 빠져나와 정동으로 나가는 샛길로 접어들면서 차창 밖으로 눈을 돌려 바라본 것도 검은 산 아래 이제 마을이랄 것도 없이 희미하게 떠 있는 몇 개의 불빛이었다. 짐작은 하고 있었지만 조금은 착잡한 마음으로 그 불빛들을 바라보며 비로소 나는 오늘 가야 할 길과 올 길을 다 왔구나를 생각했고, 그 길의 이쪽과 저쪽의 경계처럼 '꼭 이렇게 가지 않으면 안 되는 것일까'에서 '꼭 이렇게 오지 않으면 안 되는 것일까'를 생각했다.

　　그곳이 정동이었다.

　　내 오랜 기억 속에 잠자듯 누워있던 바다와 산들의⋯.

내 마음의 정동

그러나 우리의 오래된 기억만큼 간사하고 불확실한
것은 또 어디 있을까. 꼭 19년 전, 열여섯 살 때 떠나
온 것이라 하더라도 그곳에서 초등학교를 다니고, 이
태도 넘게 중학교를 다녔는데도 내가 기억하고 있는
그곳의 이름은 언제나 정동진이 아닌 정동이었다. 내
가 살던 곳도 정동이었고, 내가 다닌 학교도 정동초등
학교였으며, 누가 어디 사느냐고 물었을 때 망설임 없
이 대답하던 이름도 정동진이 아닌 정동이었다. 그곳
에서 중학교를 다니는 동안 아침저녁으로 타고 다니
던 두 칸이거나 세 칸짜리 기차가 서던 역 역시 나는

정동진역이 아닌 정동역으로 생각하고 있었다.

그런 내 기억 속의 정동이거나 정동역을 누가 정동 진이거나 정동진역이라고 부르면 같은 지명인 줄 알 면서도 왠지 그것이 예전 내가 살던 곳이 아닌 또다른 곳의 지명처럼 낯설게 들리곤 했다. 같거나 비슷하면 서도 느낌이 전혀 다른 무엇이 내 의식 속의 '정동'과 '정동진' 사이에 있었다.

지금처럼 정동과 정동진이 많이 알려지지 않았을 때, 어떤 일 때문에 나갔던 출판사의 한 여직원이 무 박 2일간의 정동진 여행 얘기를 할 때에도 그랬다. 여 자는 일주일에 어느 하루 청량리에서 강릉으로 가는 밤기차를 타고 가면 새벽에 그곳에서 해 뜨는 모습을 볼 수 있다고 했다. 처음엔 무박이라는 말이 재미있어 어쨌거나 이틀이면 1박 2일이지 그게 어떻게 무박 2 일이 되느냐고 물어보았다.

"돌아오는 시간까지 따지자면 전날 밤과 다음날 저 녁까지니까 이틀이고, 잠은 기차 안에서 안 자니까 무박인 거죠."

"재미있네요. 어디로 떠나든 그렇게 떠나는 여행도 재미있고, 무박이라는 말도 재미있고."

"아무 데나 다 그렇게 떠날 수 있는 건 아니고 정동진처럼 기차 시간이 잘 맞아야지요. 옛날에는 그렇게 생각을 했대요. 거기가 서울 제일 동쪽에 있는 바닷가라고. 위도 상으로는 그보다 아래쪽이지만, 나침판을 놓고 보면 또 거기가 서울 정동이거든요. 참 이상하지 않아요? 위도상의 동쪽과 나침판이 가리키는 동쪽이 다르다는 게."

여자는 그곳 정동진역에 대한 이야기를 했다. 우리나라 기차역 중 바다와 가장 가까이 붙어 있어 해변으로 나가자면 기차역을 벗어나서 가는 것이 아니라 오히려 바깥에서 기차역 안으로 입장권을 끊고 들어와야 한다는 얘기도 했고, 역이 워낙 작아 역마다 서는 비둘기호와 일출을 보러 떠나는 사람들을 싣고 떠나는 그 밤기차 말고는 그 역에 서는 기차가 없다는 얘기도 했다.

"그 밤기차도 전엔 거기 정동진역에 안 서고 바로 강릉까지 갔어요. 그래서 정동진에서 해 뜨는 걸 보자면 거기서 다시 새벽에 출발하는 비둘기호 기차를 타고 정동진역으로 나오거나 버스를 타고 나와야 했거든요."

그때까지도 나는 그곳에 대해 전혀 모르는 사람처럼 묵묵히 여자의 말을 듣고만 있었다. 아직 누구 앞에서도 고향에 대해서거나 어린 시절에 대한 이야기를 해본 적이 없었다. 태어난 곳이 그곳이 아니니까 사실 정동은 정확하게 내 고향인 것도 아니었다. 태어나긴 강릉 근교의 어디에서 나고, 탄을 캐는 아버지를 따라 황지와 장성을 떠돌다가 여섯 살 때 정동으로 이사를 와 그곳에서 자라기는 했지만 나는 그곳들의 탄광과 바다에 대해서는 늘 모르는 사람처럼 입을 다물곤 했다. 작품 끝에 몇 줄짜리 약력에 쓰는 '1965년 강릉에서 남'도 남들 다 쓰는 것을 빼기가 뭐해 그렇지

사실 그것조차 나는 늘 빈칸으로 건너뛰고 싶은 마음이었다. 마음속으로는 늘 그곳을 생각하고 있었으면서도, 아버지부터 시작해 어린 시절 그곳에 두고 온 아픔이 너무 많아 그랬던 것인지도 모른다.

"그런데 거기 역이 정동진역이 아니라 그냥 정동역 아닙니까?"

그렇게 물은 것도 아는 소리를 하기 위해서가 아니라 여자가 말하는 정동진과 정동진역이 왠지 내 귀에 낯설게 들려서였다. 정동을 정동진이라고 말하는 건 지도에 표시되어 있는 행정 지명이 그러니까 외지 사람들이 그대로 따라 부르는 것이라 하더라도 내 기억 속에 남아 있는 역 이름만큼은 정동진역이 아닌 정동역이었던 것이다.

"아뇨. 정동, 진, 역이에요."

"그래요?"

어린 시절 늘 무심히 봤던 것이겠지만 역을 봐도 여자보다 내가 더 많이 봤을 것이고, 기차표 역시 정동

강릉 간을 끊든 강릉 정동 간을 끊든 한 달에 한 번씩 통학권을 끊던 내가 더 많이 그것을 끊고 또 들여다보고 했을 것이다.

"이상하네."

"이상하긴요. 정동진에 있는 역이니까 당연히 정동진역이죠. 삼랑진에 있는 역은 삼랑진역이고."

"그거하고는 좀 다르지요. 삼랑진 사람들은 삼랑에 산다고 말하지 않지만 거기 사람들은 다 정동에 산다고 말하고 정동역이라고 말하는데. 그냥 줄여서만 그렇게 부르는 게 아니라 아마 역 이름도 그럴 겁니다. 강릉에서 출발해 지금은 없어졌지만 시동이라는 조그만 간이역이 있었고, 그다음 안인, 정동, 옥계, 그런 순으로."

"그거야 제가 모르지만 거기 역 이름이 정동역이 아니라 정동, 진, 역인 것만은 분명해요. 사진을 찍느라 거기 역 지붕에도 그렇게 쓰여 있는 걸 봤고요."

여자는 거듭 단호하게 말했다. 나는 다른 건 몰라도

그것만은 내 오랜 기억이 옳을 거라는 식으로 고개를 갸웃거렸다.

"정말 이상하네. 이름이 다르면 느낌도 다른 건데…."

"그러니까요."

여자가 그 자리에서 전화번호부를 찾아 철도청에 전화를 걸었던 것도 자신의 말을 믿지 않는 내 태도보다 이름이 다르면 느낌이 다르다는 말에 더 자극을 받아서인 것 같았다. 나는 나대로 정동에 대한 느낌을 가지고 있었고, 여자는 여자대로 바로 얼마 전에 그렇게 다녀온 정동진에 대한 느낌을 가지고 있었을 것이다.

정동은 어린 시절 내가 '정동'의 뜻도 모른 채 바다보다는 광업소가 있는 산 쪽으로 마음을 더 기웃거리며 살았던 곳이고, 정동진은 서울에 사는 그녀가 무박 2일의 여행으로 일출을 보러 갔다 온 서울 제일 바른 동쪽의 바닷가였던 것이다.

철도청 직원도 정동역이 아니라 정동진역이라고 했다. 거듭 물어도 거듭 그렇다고 했다. 단순히 누구의 말이 맞고 틀리고의 문제가 아니라 잠시 머릿속이 하얗게 비워지는 기분이었다. 아무리 어릴 때의 일이고 또 오래전의 일이라고 해도 그곳에서 10년을 살았고 이태도 넘게 기차를 타고 다녔으면서도 뭔가 착각을 했던 것이고, 그 착각을 나의 움직일 수 없는 기억으로 고집해 왔던 것이다. 참으로 이상한 것은 그렇게 전화를 걸어 확인까지 하고 나서도 쉽게 그것이 승복되지 않는 것이었다.

전날 그렇게 확인을 했음에도 여전히 그것을 다 받아들일 수 없다는 태도로 다음날 강릉 지역번호를 누르고 114의 안내를 받아 정동진역으로 직접 전화를 걸었던 것도 그런 오래된 기억의 억울함보다는 '그러면 그럴수록' 하는 그 뒤끝의 어떤 허망함 때문이었다. 나는 혹시 중간에 역 이름을 바꾼 것이 아니냐고 물어보았다. 그곳의 나이든 직원은 바꾼 것 없이 처음부터 정동진역이었다고 했다.

"그래도 아주 예전에 말이죠."

다시 물어도 다시 그렇다고 했다. 그는 내가 말하는 예전이 얼마나 예전의 일을 두고 말하는지 모르겠으나 자신이 영동선에서 근무한 것만도 20년 가까이 된다고 말했다.

그래서 나는 내 이야기를 했다. 그곳에서 여섯 살 때부터 열여섯 살 때까지 살았고, 중학교를 다닐 때 이태도 넘게 그 역에서 기차를 타고 다녔다고. 그런데 나는 왜 그것을 그렇게 기억하고 있는지 모르겠다고. 한 가지 위안되는 말은 있었다.

"그러면 뭐 오히려 여기서 오래 살아 그런 게 아닌가 모르겠소. 여기 지방 사람들도 많이 그렇게 불러요. 동네 이름도 정동진이라고 하지 않고 그냥 정동이라고만 그러고."

그러나 그것이 위안의 전부인 것은 아니었다. 두 번의 확인을 거친 다음에도 뭐랄까, 내 오랜 기억의 억울함과는 또 다르게 그곳의 바른 이름은 정동진역이 아닌, 그냥 정동역이어야만 할 것 같은 생각이 들던 것이었다.

저마다 회사 이름이 붙어 있긴 했어도 그곳에 있던 모든 탄광들이 정동탄광이었으며, 역보다 더 바다와 붙어 있는 해수욕장도 정동해수욕장, 초등학교도 정동초등학교, 하다못해 그곳 고속도로의 인터체인지와 버스정류장도 정동인터체인지, 정동버스정류장인데 유독 역 이름만 정동진역인 것이었다.

아마 그곳에서 기차를 타고 학교를 다니던 동안엔 나도 그 역 이름을 정동역이 아닌 정동진역으로 알았을 것이다. 그러다 서울로 이사를 온 다음 오랜 세월 속에 뭔가 조금씩 그곳에 대한 기억이 희미해지기 시작하면서 그곳의 탄광이며 학교며 해수욕장이며 다른 모든 것들의 이름이 그렇듯 나도 모르는 어느 때부턴가 역 이름 역시 정동진역이 아닌 정동역으로 기억을 바꾸어왔던 것인지도 모른다.

그대 정동진에 가면

그러나 그것을 다시 제대로 알게 된 뒤에도 나는 누군가 그곳을 정동진 혹은 정동진역이라고 말하면 그 말을 늘 낯선 느낌으로 듣곤 했다. 그래, 그건 오직 그곳의 일출과 텔레비전의 어떤 드라마로 급작스럽게 떠오른 그곳의 역만을 찾아 떠나는 외지 사람들의 이발소 그림 같은 바다와 역일 뿐이라고. 그리고 그런 이발소 그림 속의 바다와 역은 그곳에 산처럼 쌓아놓은 탄더미들로 역 주변은 물론 아무리 파도가 다가와 씻어내도 해변의 모래들까지 시커멓던 내 기억 속의 정동 바다와 정동역과는 전혀 그림이 다른 것이라고.

어쩌다 그곳에 다녀온 사람들의 이야기를 들을 때에도 그랬다. 세상의 해는 오직 거기서만 뜨는 것처럼 그곳의 일출 감상을 과장하고, 철로 바로 몇 걸음 앞의 바다가 어떻고, 어느 여배우의 이름을 딴 소나무가 어떻고 하는 식으로 마치 그것들만 정동의 모든 것인 것처럼 말하면 내 마음속 정동의 순결에 상처라도 입은 듯한 기분이 되고 말던 것이었다.

가지 못한 길

　그러면서도 열여섯 살 때 그곳을 떠나온 다음 다시 찾아가보지 못했다. 우선은 그럴 기회가 거의 없었고, 또 어쩌다 그럴 기회가 있을 때에도 내 마음의 무엇이 그쪽으로의 여행을 피하게 했다.

　이태 전에도 한 번 그런 일이 있었다. 늦은 가을이었는데, 어느 선배의 첫 창작집이 나오던 날 뒤풀이를 위해 인사동 술집에 모였다. 처음엔 한 여남은 명쯤 모였는데, 끝에 가선 네 사람만 자리에 남게 되었다. 전업작가인지 실업작가인지 모를 세 사람의 소설가와 그날 책을 만들어낸 죄로 술도 마시지 않으면서 끝까지 자리를 지키고 앉아 있던 출판사의 주간이었다. 2차로 자리를 옮겨간 카페의 주인은 자정이 조금 지나면서부터 1시면 문을 닫아야 한다며 불안한 얼굴로 연신 이쪽 자리로 왔다갔다 했다.

"알았어요. 그러지 않아도 간다구요, 가. 시간 되면."

더 이상 술을 주지 않았지만, 그렇다고 쉽게 일어설 얼굴들도 아니었다. 많이 마시긴 했어도 흠뻑 취하지 못한 미진함이 술꾼들 얼굴마다에 나타나 있었다. 모처럼 선배들의 술자리에 낀 나 역시 그런 기분이었다. 처음엔 유쾌했는지 모르지만, 책을 낸 선배에 대해서보다는 앞으로 자신이 관계하게 될 출판사에 대해 이만하면 충분히 얼굴을 비췄다는 식으로 열 시가 되기도 전에 하나 둘 먼저 일어서던 사람들의 빈자리가 남은 사람들 몫의 쓸쓸함으로 그대로 전해지던 그런 술자리였다.

"결국 이렇게 남는구만. 쭉정이들만."

"언제는 뭐 안 그랬어? 새삼스럽게….".

그때 카페 주인이 다시 자리로 와 시간을 말했다. 1시 5분 전이었다.

"알았어요. 간다니까요. 조금 있다가….".

"아, 씨팔, 통제받지 않는 곳에 가서 마시고 싶다."

말은 그렇게 했어도 통제받지 않는 곳이 아니라 쓸쓸하지 않은 곳에 가서 마시고 싶다는 뜻이었을 것이다. 그러다 나온 것이 동해바다였다. 누군가 동해바다가 보고 싶다고 했고, 해 뜨는 것이 보고 싶다고 했다. 처음엔 그 자리가 쓸쓸해서 해본 말이었겠지만, 먼저 자리를 뜬 사람들에 대해 너희는 내일 일을 걱정해 떠났어도 우리는 이렇게 밤 1시에 그곳으로 갈 수도 있는 사람들이라는 걸, 사실은 그들에게가 아니라 스스로에게 말하고 싶은 자위의 심정도 포함되어 있었을 것이다.

"나, 정말 떠나고 싶다. 동해바다로."

주인에게 내몰려 불 꺼진 2층 계단을 내려올 때, 그

날 책을 낸 선배가 말했다. 앉았을 땐 그렇게까지 취해 보이지 않는데 선배는 두 손으로 엉금엉금 벽을 짚었다.

"정말 가고 싶어?"

그 선배를 부축하며 주간이 물었다.

"그래. 가고 싶어."

"거기 가서 뭐할 건데? 이 시간에."

"가서 오늘 나온 책 한 권 바치고, 그걸로 이제 이 일 면하게 해달라고 빌고 싶어. 이제 난 아닌 듯싶으니까."

"그럼 되나. 그럴수록 더 많이 쓰게 해달라고 해야지."

"누구나 그러고 싶지. 시작할 땐…. 다 해 뜨는 데로 가고 싶은 거고."

"그거야 지금이라도 가면 되는 거지. 해 뜨는 데로."

"그런 해 뜨는 데 말고 정말 해 뜨는 데로 가고 싶다구. 동해바다로."

그래서 다시 바다 이야기가 나오고, 잠시 무얼 망설이다 결심하는 사람처럼 주간이 "그래, 그럼 가자구, 까짓 것." 하고 말했다.

"차도 여기 됐으니까 못 갈 것도 없는 거지. 갔다가 내일 아침 일찍 올라오면 되는 거구."

다른 선배가 "너, 운전할 수 있겠어?" 하고 묻자 주간은 "나, 저녁 때 맥주 두 잔 마시고는 안 마셨어." 했다.

"그래. 그럼 가, 씨팔. 내일 일은 내일 일이고 아주 말 나온 김에."

"누구 이 친구 좀 나하고 같이 부축하고."

치기처럼 보일 수도 있겠지만, 해 뜨는 데로 가고 싶은 사람을 해 뜨는 데로 데려가는 것, 나는 그걸 선배에 대한 두 친구의 배려라고 생각했다. 주간과 다른 선배도 뒤늦게 창작집을 내고 쓸쓸해 하는 그 선배에게 새로운 용기를 넣어주고 싶었던 것인지도 모른다.

그대 정동진에 가면

그러나 함께 자동차에 올랐어도 그 밤 나는 바다로까지는 동행하지 못했다. 물론 처음엔 그럴 생각이었다. 행선지도 대관령 너머의 경포대였다. 나도 오랜만에 동해 바다를 보고, 그곳에서 뜨는 해를 보고 싶었다.

그런데 대관령 휴게소에서 술국 겸 해장국을 먹고 난 다음 다시 자동차에 올랐을 때, 앞자리로 옮겨 앉은 선배가 아직 해 뜰 시간이 많이 남았으니 정동진으로 가자고 한 것이었다.

"그냥 경포대로 가죠."

"아니. 정동진으로 가. 해를 보러가는 건데 기왕이면 서울 제일 동쪽으로."

다른 선배와 주간도 그러는 게 좋겠다고 했다. 나는 더 경포대를 고집하지 않았다. 바다를 보러가든 해를 보러가든 경포대로는 갈 수 있어도 이런 식으로 정동으로는 갈 수 없는, 같은 동해바다라 하더라도 내 마음속의 경포대와 정동의 차이를 설명할 수도 없는 일이었고, 또 설명하고 싶지도 않았다. 중요한 건 열여섯 살 때 내 삶의 가장 아픈 모습으로 떠나온 정동을 고작 거기의 해나 보러 가는 식으로 찾아가서는 안 된다는 것이었다.

대관령을 내려오며, 새벽어둠 속에 멀리 동해바다의 불빛을 바라보며 나는 빠르게 머릿속을 회전시켰다. 어떻게 말해야 이 선배들이 날 붙잡지 않고 강릉에서 내려줄 것인가. 바다고 해고 이미 경포대로 나가고 싶은 마음도 사라진 다음이었다.

나는 강릉에 혼자 살고 있는 여자가 있다고 말했다. 그래서 새벽이든 밤이든 어느 시간 가리지 않고 찾아가도 된다고.

"결혼할 여자야?"

"아뇨. 그냥 아는 여자예요. 직장 때문에 내려와 있는."

"요즘은 결혼 안한 놈들이 더 무섭다니까. 곳곳에 여자를 두고⋯."

그대 정동진에 가면

선배들은 자동차에서 전화를 걸라고 했지만 나는 바다보다 바로 여자를 찾아갈 것이라고 말했다.

"그래, 그것도 바다다. 빠지면 헤어나지 못하는."

"정동진 갔다 나오다 만나면 안 돼?"

"일찍 나온다 해도 곧 출근하잖아요. 지금 어두울 때가 낫지."

"이게 이제 보니 딴 맘 먹고 왔네."

"올 땐 안 그랬는데 막상 오니까 그렇네요."

"어디서 내리면 되는데?"

"시내 입구 아무 데나요. 거기서 택시 타면 되니까."

그날 나는 새벽에 두 번 동해의 불빛을 보았다. 대관령을 내려가면서 한 번, 그곳에서 바로 고속버스를 타고 올라오면서 한 번. 함께 떠난 후배가 여자를 만나러 간다며 중간에 내릴 때 선배들도 쓸쓸했겠지만, 그런 식으로는 정동에 갈 수 없어 강릉에서 여자 핑계를 대고 바로 서울로 돌아오던 나 역시 참으로 쓸쓸한 기분이었다.

그러나 그 쓸쓸함 속에서도 지금은 이렇게 돌아서고 말았지만 언젠가는 꼭 정동으로 가야 할 일이 내게도 있을 것이며, 그때 나는 어떤 기분 어떤 모습으로 그곳에 가게 될까를 생각했다.

열여섯 살 때 그곳을 떠나오며 내가 새기고 꿈꾼 것은 금의환향이었다. 반드시 성공해서 보란 듯이 돌아와 그런 내 모습을 이곳 사람들에게 보여주리라 다짐했다. 아마 스무 살 때까지도 그랬고, 스물아홉 살 때까지도 그랬을 것이다. 그러다 언제부턴가 그것이 정동에 대하여 내가 새기고 간직해야 할 모습이 아니라는 것을 알게 되었다.

그 새벽에도 그랬다. 아직 언제일지 모르지만, 어쩌면 내 기억 속에 자리 잡고 있는 그쪽의 무엇이 먼저 나를 부를 것이며, 보다 담담하게 내 자신의 그 시절을 돌아볼 수 있게 되었을 때 나 역시 자연스럽게 그 부름에 응답하게 될지 모르겠다고. 그러니까 그전까

그대 정동진에 가면

지 조급하게 서두르지도 말고, 애써 거기에 갈 기회를 만들려고 하지도 말자고.

모텔 듀 미스트 피크

　낮에 강릉에서 해가 지길 기다리고 어둠이 내리길 기다렸던 것도 어쩌면 그런 마음 때문이었는지 모른다. 이것이 과연 내 기억 속 저쪽의 무엇이 나를 부른 것이며, 내가 그 부름에 응답하여 떠난 것인지. 생각은 그렇게 했어도 그것 역시 그렇게 떠나온 길에 대한 변명일지 몰랐다. 그곳에 가면 또 한 가지 내 눈으로 직접 확인해봐야 할 무엇이 있긴 했지만, 어쨌거나 나는 여자를 찾아 길을 떠났고, 어린 날의 그 아이를 찾아 이곳으로 온 것이었다. 그리고 그것을 부름과 응답이라고 내 자신에게 말하고 싶은 것이었다.

그러다 막상 마을 입구에 도착해 예전 수백 가구의 광산 사택이 있던 마을에 겨우 몇 군데에서 흘러나오는 불빛을 바라보자 과연 이곳의 무엇이 나를 불렀으며, 내가 그 부름에 제대로 응답하여 오기나 한 것인지 모를 심정이 되고 말았다. 그 불빛도 사택에서 흘러나오는 것이 아니라 사택 옆 광업소 본부 자리에 새로 지어진 모텔과, 모텔 바로 앞의 카페, 아직도 그곳에 남아 있는 몇 채의 민가에서 흘러나오는 것이었다. 밤이어서 자세히 볼 수는 없었지만 사택은 그 모텔 한쪽 옆 어둠 속에 흉물스러운 모습으로 늘어서 있었다. 차라리 바다 쪽으로 난 길을 따라 들어와 그곳에 숙소를 구했다면 시작부터 저런 험한 꼴은 보지 않았겠다 싶은 생각이 들었다. 그렇다고 이미 그런 꼴을 보고 난 다음 자리를 피하듯 바다 쪽으로 나가고 싶은 마음도 들지 않았다.

모텔에 방을 얻으러 들어갈 때도 참으로 묘한 기분이었다. 내일이든 모레든 그녀를 찾자면 어차피 바다

쪽으로 나가야겠지만 (모텔이 없다면 더구나 바로) 지금은 당장 그곳으로 나가고 싶지 않은 심정과 그러면서도 어쩌다 광업소 마당에까지 이런 모텔이 들어서게 되었는지 모를 쓸쓸한 기분이 함께 섞이던 것이었다. 예전 한 때는 이 땅에서 가장 치열하고도 성실한 삶이 이곳 마당에서 이루어졌다. 한 달에 한 번씩 품삯을 계산하던 월급날의 열기와 그 열기를 자아내던 우람한 팔뚝들은 다 어디로 가고 이제 이런 것이 이 자리에 들어서고 말았는지 모를 기분이었다.

"혼자신가요?"

방을 달라고 하자 프론트를 지키고 있던 40대의 여자가 이해할 수 없다는 표정으로 이쪽을 쳐다보았다.

"예. 왜, 혼자면 방을 안 줍니까?"

"아뇨, 그런 건 아니지만…."

여자는 조금 무안해진 얼굴로 키가 달린 플라스틱 막대를 내주며 "내일 해 뜨는 시간에 맞춰 깨워드릴까요?" 하고 물었다. 여자가 선 뒤쪽 게시판에도 '내일

해 뜨는 시간 07시 35분'이 적혀 있었다. 예전 같으면 거기에 아침 갑반(甲班)의 입갱 시간이나 교대 시간이 그렇게 적혀 있었을 것이다.

"아뇨."

키를 받으며 나는 무뚝뚝하게 대답했다.

"해 뜨는 걸 보러 오신 게 아닌가요?"

"며칠일지 모르지만 여러 날 묵을 겁니다. 내일이 아니라도 기회가 있겠지요."

"그래도 날씨가 흐리면…."

"괜찮습니다. 꼭 그런 욕심으로 온 게 아니니까."

"그럼 그것 주시고 이 방을 쓰세요. 여러 날 묵으실 거면…."

처음 준 것은 3층 건물의 1층 방의 키였고, 다시 준 것은 3층 방의 키였다. 무엇이 다르냐고 묻자 여자는 여기선 바다가 보이지 않지만 그래도 3층이면 비슷하게 그쪽 마을은 보일 거라고 했다.

"손님이 많은 모양이군요. 키도 이렇게 가려가며 주

는 걸 보니까."

"평일에도 여덟 시만 되면 1층 방도 다 차요. 나중에 왔다가 그냥 돌아가는 사람도 많고요."

"역 쪽 말고 여기도 말입니까?"

"그럼요. 말씀하시는 걸 보니까 그쪽으로 들러 오시는 게 아닌가 봐요."

"예. 화비령 터널 지나서요. 그건 어떻게 아시는데요?"

"그쪽부터 들러 오시면 그런 말씀 안 하시거든요. 거기 모텔들은 낮에 벌써 다 차요. 지금 많이 짓고는 있지만 아직 지어진 건 몇 개 되지 않고 하니까. 나머지는 다 민박이구요."

"그럼 일출을 보러오는 사람들이 다 여기 정동에서 잡니까?"

"아마 그렇지는 않을 거예요. 그러자면 정동진에 있는 집들 다 내줘도 부족할 테니까. 일부만 여기서 자고 나머지는 강릉으로 나가 거기서 자고 들어오거나 서울에서 아주 일출 시간에 맞춰 새벽 기차를 타고 오는 거지요. 지난 신정 땐 수십만 명이 몰려왔어요."

그 얘긴 서울에서 뉴스로도 보았다. 30만 명 가까운 사람이 이곳에 몰려들어 그중의 20만 명은 바닷가에 닿기도 전 자동차를 탄 채 길 위에서 새해 아침을 맞았다고 했다.

"하긴 소문에도 이 세상의 해는 오직 여기서만 뜬다고 하니까."

"그런 건 아니지만 정동이잖아요. 서울 정동요."

"그 정동이 어제 오늘에 붙여진 이름이 아니니까 하는 얘기지요."

처음 보였던 무뚝뚝함과는 다르게 나는 벌써 여자에게 많은 것을 물었다. 그러나 묻고 싶은 것은 그보다 더 많았다. 대체 이 모텔은 언제 지어졌으며, 주인은 어디 사람이며 또 무얼 하던 사람인지. 그는 마을이나 산 밑의 다른 자리를 다 놔두고 왜 하필이면 이곳에 모텔을 지었는지. 저 옆의 흉가 같은 사택들엔 언제까지 사람이 살았던 것인지.

　모텔로 들어설 때도 그랬지만 방으로 들어설 때의 기분 역시 참으로 묘하고 야릇했다. 복도와 통하는 문을 열고 들어서자 그 안에 신발을 벗고 들어서는 또 하나의 문이 있었다. 그 문을 열고 들어서자 첫눈에 앞을 막아서는 것이 하얀 시트를 씌운, 그동안 그런 것이 있다는 말만 들어왔던 원형 침대였다. 그 옆에 보통 사각 침대의 절반 크기만 한 거울이 붙어 있어 처음엔 그런 침대가 저쪽으로 두 개 나란히 놓여 있는 게 아닌가 하는 착각마저 불러일으키게 했다. 거울은 거기뿐 아니라 베개가 놓인 머리맡에도 그것의 절반 크기만 한 것이 침대와 함께 벽에 고정되어 있었다. 해맞이 모텔이 아니라 해맞이를 핑계 삼아 지은 전형적인 러브호텔이었다. 보통 침대가 아닌 원형 침대가 주는 느낌만으로도 충분히 색정적일 텐데, 거기에 침대 위에서 몸을 섞으며 자신들의 색정적인 몸짓을 화면처럼 비춰볼 거울이 두 개씩이나 붙어 있는 그런 러브호텔이 다른 곳도 아닌 광업소 본부 마당 자리에 들어서 있는 것이었다. 아까 프론트의 여자가 혼자 들어온 나를 보고 이해할 수 없다는 표정을 짓던 것도 바로 그래서였을 것이다. 해 뜨는 바른 동쪽에서 그 해와 함께 떠올릴 추억을 위해 이 세상에서 가장 색정적인 몸짓으로 사랑하라. 예전에 이곳이 무엇이었던지 그런 건 생각하지도 말고, 또 안다고 하여도 그때의 열기나 팔뚝 같은 것은 모두 잊어버려라. 그리고 이 밤 서로의 몸을 해처럼 뜨겁게 안고 사랑하라. 그래도 해는 언제나 바른 동쪽에서 떠오른다. 들어올 때 본 모텔간판도 '듀 이스트 파크'였다.

기억 속의 먼 풍경들

정동….

그쪽으로 난 창문의 커튼을 열어젖히자 멀리 바다를 막아선 바닷가 마을의 불빛이 커튼 뒤에 감춰졌던 액자 속의 풍경처럼 눈에 들어왔다. 이곳 바다에서 해 뜨는 모습이야 기차 통학을 하던 중학교 때 늦가을부터 초봄까지 맑은 날이면 거의 매일같이 그것을 바라보았다. 보통 8시 30분까지 학교에 가자면 강릉역에 도착해 학교까지 가는 시간을 따져 7시 20분이나 30분쯤 정동을 지나는 통학 기차를 타야했다. 그 기차를 타자면 7시 10분이나 20분쯤엔 역에 나가 있어야 했다. 때로는 역으로 나가는 길에서 보기도 하고, 때로는 역 앞 바다에서, 또 때로는 기차 안에서 보기도 했다. 단지 그땐 '정동'의 의미를 생각하지 않고 매일 2분씩 빨라지거나 늦어지는 우리 동네의 아침 풍경으로만 그것을 바라보았다.

만약 그때에도 '정동'의 의미를 알거나 생각했다면 그 아이와 함께 역 앞 바다에 서서 그것을 바라보던 그림 하나 사진처럼 내 머릿속에 남아 있을 것이다. 그러나 그 아이에 관한 기억 중 어느 갈피에도 역 앞 바다에서 해돋이를 함께 바라보던 그림은 떠오르는 게 없었다. 바닷가 역에 서 있던 그 아이의 그림은 지금도 마음 아프게 내가 아닌 다른 사람을 향해 가만히 손을 펴 보이던 모습으로만 떠오른다. 그래서 이곳을 떠나 서울로 갔던 10대 후반과 20대 초반엔 이미 연적까지 있는 잊을 수 없는 첫사랑의 여인으로 그 아이를 생각했고, 후로도 정동을 생각할 때마다 제일 먼저 떠오르는 그 아이의 얼굴은 바닷가가 아닌 다른 자리에서의 모습이었다.

　"석하야. 그럼 나, 미리 인사할게. 나중에 큰 사람이 되어서 꼭 다시 와야 돼."

　해뜰 시간이 아닌 어느 봄 일요일 저녁, 다른 통학생 없이 우리 둘만 강릉에서 정동으로 돌아오던 기차 안에서였다. 이틀 뒤 나는 어머니와 함께 서울로 가는 기차를 탔다. 그게 내 기억 속에 자리 잡고 있는 그 아이의 가장 선명한 모습이자 내 눈에 돈 눈물로 흐릿했던 마지막 날의 모습이었다.

　그래서 어떤 때는 내가 그 아이를 처음 본 것은 언제일까 하고 다시 그 아이의 가장 먼 모습을 붙잡아볼 때도 있다. 그러면 또 먼저 봄보다 더 아슴한 어느 봄날이 떠오른다. 내가 아까 지나왔던 길, 화비령 하면 봄마다 붉은 꽃잎이 바람에 눈처럼 날리던 산으로 기억하는 것도 그 아이의 모습과 함께였다. 어떤 학년 때는 같은 교실에서 공부를 하며 늘 내 가슴을 조리게 하는 존재로 곁에 있었는데도 그때 화비령에서 본 것보다 먼저 모습이 내 머릿속에 남아 있지 않은 것이다.

그건 내 스스로에 대해서도 그렇다. 살아 있을 때 어머니는 정동에 대한 이야기보다 황지나 장성에 대한 이야기를 더 많이 했다. 그때는 아버지가 얼마나 성실한 광부였으며, 정동으로 이사를 한 초기에만 하더라도 또 얼마나 그렇게 성실했었는지. 어머니가 황지나 장성에 대해서 이야기할 때면 어릴 때의 내 모습에 대해서도 함께 말했다. 그러나 정작 내 기억 속엔 그때의 내가 없다. 내 어린 날의 모습은 석탄과 석탄 사이에 낀 고사리나 석송의 화석처럼 어머니의 머릿속에만 화석으로 남아 있는 것이다.

나는 아버지가 정동에서 얼마 동안 광부 생활을 했는지 모른다. 황지나 장성에서도 그러고, 정동에서도 처음 몇 년 동안 광산에 다녔던 건 분명한데 광산보다는 집을 나가 며칠이고 산을 떠돌다 지칠 대로 지친 모습으로 돌아오던 아버지의 수염 덥수룩한 얼굴이

늘 먼저 떠오르는 것이다. 어머니는 내가 산에 갔다오면 너도 아버지를 닮아서 그러느냐고 말했다.

봄이 되어 진달래가 피면 마을 아이들은 광주리나 작은 포대를 들고 꽃을 따러 뒷산으로 올라갔다. 그 꽃으로 직접 술을 담그는 집도 있었지만, 강릉 시장에 내다파는 집들도 있었다. 진달래로 담근 술이 어른들 횟배에 좋다고 했다. 그래서 꽃을 따다가 그 꽃을, 늘 강릉 시장에 나가는 가겟집 아주머니에게 파는 아이들도 있었다. 진달래는 마을 뒷산에도 많았다. 그러나 화비령엔 더 많았다.

"느 꽃을 따더라도 화비령엔 가지 마라."

봄만 되면 어른들은 아이들의 간을 빼먹는다는 화비령의 문둥이에 대해서 말했다. 어른들이 겁을 주었던 건 그곳이 아이들이 다니기엔 너무 멀고 외지기 때문이었을 것이다. 봄이면 그곳은 산이 온통 진달래밭이었다. 늦게 이사를 왔어도 어머니도 문둥이 얘기를 들었을 것이다. 그러나 어머니는 한 번도 내게 문둥이 얘기를 하지 않았다. 내가 진달래를 따오는 것도 좋아하지 않았다. 어머니는 그것도 목숨이라고 말했다.

"꽃을 따다 아기를 잃은 엄마만 슬픈 게 아니란다."

"그럼요?"

"느들한테 꽃목숨 잃는 나무도 슬프지. 고작 며칠 폈다 지고 말 꽃을 느들이 죄다 따오면."

"내가 안 가도 다른 애들이 딸 건데요 뭐."

"그래도 니는 가지 마라. 느 아버지가 산에 다니는 것만도 엄마는 가슴이 무너진다."

나는 그 꽃을 집으로 가져오지 않고 가겟집 아주머니에게 갖다 주곤 했다. 우리가 많이 따 가도 가겟집 아주머니는 늘 얼마 되지 않는다고 했고, 그것을 돈으로 잘 바꾸어 주지도 않았다. 꽃의 양에 따라 "50원어치 뭐 가져가." "70원어치 뭐 가져가." 늘 그런 식이었다. 나는 꽃으로 연필도 가져오고, 공책도 가져오고, 어떤 때는 국수를 바꾸어 부엌 찬장에 넣어놓기도 했다. 그런데도 어머니는 꽃을 따러 산에 가지 말라고 했다.

진달래가 가장 만발했던 어느 일요일 오후였을 것이다. 그날도 나는 작은 포대를 들고 화비령으로 갔다. 한 포대 가득 채우면 그걸로 국수를 바꿀 생각이었다. 다른 아이들처럼 가끔 라면이나 과자로 바꾸고 싶기도 했지만 그건 나 혼자 먹기에도 양이 너무 작았다. 아버지는 어딘지 모를 깊은 산에 가 있었고, 지난 저녁에도 어머니는 바닥까지 내려간 쌀궤를 들여다보며 혼자 깊은 한숨을 쉬었다.

한 묶음 반만 줬으면….

그런 마음으로 손에 꽃물이 들도록 그것을 뜯고 훑어 자루를 채우다 가까운 곳에서 누군가 나를 지켜보고 있는 것 같은 느낌에 고개를 들자 저만치 한 손에 진달래 꽃가지를 몇 개 꺾어들고 그 아이가 이쪽을 바라보고 있었다. 처음엔 그 아이도 우리처럼 산에 왔다는 것만 놀라웠다. 우리는 화비령이 아니라 화비령보다 더한 곳도 다닐 수 있지만 우리가 생각하는 그 아이는 그런 아이가 아니었다. 광업소 마당이나 사택 뒤뜰에서 놀 때에도 늘 안에 하얀 블라우스나 푸른색 셔츠를 받쳐 입었고, 우리처럼 가겟집에서 무얼 바꾸기 위해 꽃을 딸 이유도 없는 아이였다. 누군가 화비령엔 마을 뒷산보다 진달래가 더 많다고 하자 아이를 잡아먹는다는 문둥이 얘기의 무서움도 참고 꽃구경을 하러 여기까지 다른 아이들을 따라왔을 것이다.

"많이 땄나?"

"…."

나는 대답하지 못했다. 그러나 내 얼굴은 진달래를 따다가 꽃물이 든 손보다 더 붉어졌을 것이다. 그 아이 앞에선 늘 그랬다. 그 아이 모르게 내가 그 아이를 바라볼 땐 마음에 꽃물이 드는 것처럼 황홀했고, 그 아이가 내 어떤 모습을 바라볼 땐 금방 어디에라도 몸을 숨기고 싶을 만큼 부끄러워지곤 했다. 나는 포대를 들고 국수를 바꾸기 위해 꽃을 따는 내 모습이 그 아이 앞에 부끄러웠다.

"많이 따."

그 아이는 나폴나폴 저쪽으로 뛰어갔다. 하얀 블라우스 위에 입은 분홍색 스웨터와 물방울 무늬의 치마. 나는 그것이 그 아이가 손에 꺾어들고 있는 꽃보다 더 꽃 같다고 생각했다. 그때 어디선가 한 가닥 바람이 내 이마를 스치며 불어왔다. 그리고 온 산에 붉은 꽃잎이 눈처럼 날리기 시작했다. 나는 부끄럽고도 황홀한 눈길로 그 붉은 꽃잎 사이로 꽃보다 더 밝은 모습으로 뛰어가는 그 아이를 바라보았다.

그러나 아무리 바람이 세게 불어도 진달래는 그렇게 눈처럼 날리는 꽃이 아니었다. 산벚나무꽃과 산복숭아꽃만, 그리고 여름이 오기 전 아카시아 흰꽃만 그렇게 후두둑 바람에 날리곤 했다. 그런데도 그날 나는 바람 속에 온 산 가득 진달래가 눈처럼 날리는 것을 보았다. 어쩌면 내 마음이 그렇게 날리고, 그런 내 눈 속에 그 아이가 붉은 꽃처럼 날렸던 것인지도 모르겠다. 정동을 떠날 때까지 이후에도 그 아이와의 관계는 늘 그랬다. 바라보면 황홀하고 마주치면 부끄러웠다.

지상에서 가장 큰 발전소

"이제 나도 여기 사람 다 됐어."

욕실에 들어가 세수를 하는 동안 누군가 등 뒤에서 그렇게 말했다. 그때 나는 얼굴에 물을 묻히고 거울을 바라보고 있었다. 거울 속의 내 뒤엔 아무도 서 있지 않았다. 다시 두 손 가득 물을 담아 얼굴을 문지르고 아까보다 더 자세히 거울 속을 바라보았다. 아직도 내 눈등은 반들거리는가.

이곳을 떠난 지 20년이 지난 다음에도 나는 세수를 할 때조차 아직 그때의 기억으로부터 자유롭지 못한 무엇을 가지고 있는 것이었다. 스스로 느끼지 못하고 있었지만 이제까지 세수를 할 때마다 나는 늘 거울 속의 내 얼굴을 유심히 바라보곤 했다. 전에는 그걸 무심히 지나치다 여기 정동에 와서야 비로소 그동안 내가 세수를 하며 유심히 바라보았던 것은 얼굴 전체가 아니라 그것의 어느 한 부위, 눈등이었다는 것을 알게 된 것이다.

초등학교 5학년 때거나 6학년 때였을 것이다. 언젠가 학교로 선생님 친구가 찾아왔을 때, 운동장 한 켠에서 선생님이 친구에게 말했다. 자기도 이제 여기 사람이 다 되었다고. 애들 얼굴만 보고도 그 애가 어디에 사는지 금방 구별해낸다고. 그 말을 듣고 선생님 친구가 말했다.

"그거야 누구나 다 알지. 어딜 가든 잘 사는 애들이 있고 못 사는 애들이 있는 거니까."

"그런 거라면 얘기도 안 하지. 여기는 학생 수도 고무줄처럼 늘었다 줄었다 해. 정부가 산업 정책을 석유 쪽으로 가져가면 학년당 두 학급 조금 빠지게 유지하다가 어느 날 갑자기 그게 올라 탄 쪽으로 바뀌면 세 학급으로 늘어나고 말이지. 아마 우리나라를 통틀어도 이렇게 작은 마을에 어촌과 광산과 농촌이 함께 어울려 있는 데는 없을 거야. 그런데 애들 얼굴을 보면 어디에 사는지 대번에 아는 거지."

"어떻게 아는데?"

"자네 생각엔 어디 애들 얼굴이 제일 검을 것 같나?"

"광산 아닌가?"

"얼핏 보면 그럴 것 같지. 그런데 막상 씻어놓으면 그 애들 얼굴이 제일 하얘. 더러 도시 물도 먹고. 그렇다고 그걸 보고 아는 건 아니야. 농촌 애들도 얼굴이 하얀 애들이 있으니까."

"그럼 뭘 보고 아는데?"

"눈등을 보면 알아. 우리 살 중에 제일 여린 데가 바로 눈등이거든. 가만히 보면 광업소 애들은 다른 데 애들보다 눈등이 까무잡잡한 게 반들반들해. 그게 살

속으로 파고드는지 아니면 얼굴 기름때하고 함께 절어 그런지는 모르지만 애들이라는 게 그렇잖아. 놀다가도 팔뚝으로 늘 얼굴 비비고."

"재밌네."

"얼굴이 전체적으로 검다 싶으면 그건 열에 아홉은 바닷가 애들이야. 몸이 크고 작고를 떠나 좀 푸석하다 싶으면 그건 영락없는 농촌 애들이고. 영양 상태도 조금씩 달라. 있고 없고를 떠나 그래도 월급 받고 사는 집 애들은 가끔씩이라도 기름 냄새를 맡거든. 그게 아니더라도 한 달에 두 번씩 목구멍 청소라고 해서 광업소에서 돼지고기가 나오니까 아무래도 다른 데 애들보다 나은 거지. 그런데 씨름 같은 걸 시켜보면 또 달라. 잘 먹든 못 먹든 바닷가 애들이 제일 단단해. 어릴 때부터 바다가 애들을 그렇게 만들거든. 소리를 질러도 남보다 크게 지르게 하고, 같은 걸음이라도 모래 위에서 뛰는 것과 땅 위에서 뛰는 게 다르니까. 싸워도 파도하고 싸우고 말이지."

실제로도 그랬다. 그건 운동장에서 아이들이 노는 것만 봐도 금방 알 수가 있었다. 체육시간엔 그것도 공부고 선생님이 지켜보니까 함께 어울려도 방과 후엔 사는 동네따라 따로 놀았다. 학생 수가 제일 적은 바닷가 아이들이 다른 데 아이들을 내몰듯 운동장 전체를 휘저었고, 한쪽 귀퉁이에 사람 수만 많은 광산 아이들, 또 다른 귀퉁이에 농촌 아이들이 놀았다.

　　"시골 애들은 어떤데?"

　　다시 선생님 친구가 선생님에게 물었다.

　　"그건 일 같은 걸 시켜보면 알아. 바닷가 일이나 광산 일은 집안일 말고는 애들이 어른 일 도울 게 거의 없거든. 파도하고 싸운다고 해서 애들이 바다에 나가 고기를 잡을 것도 아니고, 땅 밑에 들어가 탄을 캘 것도 아니고 말이지. 그렇지만 농촌 애들은 어릴 때부터 늘 어른 일을 돕고 살거든. 그래서인지 공부를 잘하고 못하고를 떠나 생각들이 좀 어른스러운 데도 있어."

　　"야, 너 그런 거 한 번 써봐라. 첫눈에 아이들 알아보는 법, 하고."

"쓰라면 못 쓸 것도 없지."

그러면서 선생님은 아이들의 차이뿐 아니라 학부모들의 차이에 대해서도 말했다.

"우선은 사람마다 차이가 제일 크고, 아이가 공부를 잘할 때와 못할 때의 차이도 있겠지만 그래도 마을마다 조금씩 다른 게 있어. 광산 부모들은 자식에 대해 오직 한 가지 생각뿐이거든. 나는 지금 이 일을 해도 이다음 내 자식한테는 절대 이 일을 시키지 않겠다 하는 거 말이야. 그러니까 아무래도 학교와 선생들에 대한 태도가 다르지. 그 사람들한테 그 일을 하지 않는 방법은 공부밖에 없으니까 교육에 대한 생각도 다르고. 그렇지만 농촌 사람들은 자식이 자기보다 낫기를 바라는 건 똑같지만 무조건 이 일을 안 시키겠다 하는 건 아니거든. 많든 적든 땅들도 가지고 있고. 농사를 짓더라도 자기보다 낫고 크게 짓기를 바라는 거지. 바쁘기도 하겠지만 학부형회의를 해도 제일 참석하지 않는 데가 거기야. 또 그런 일들을 낯설어하고. 길에서 선생들을 만나도 그런다. 광산 사람들은 대포라도 한잔 하자고 먼저 잡아끌지만 농촌 사람들은 안 그래. 그런 일에 낯설기도 하지만 서로 지켜야 할 거리가 얼만큼인지 또 그럴 때 예의가 어디까지인지 배우지 않아도 이미 몸으로 그걸 아는 것 같아."

"그럼 바닷가 사람들은?"

"그 중간쯤이라고 생각하면 돼. 광산 사람들이나 농촌 사람들만큼 학교나 선생을 어렵게 여기지도 않고. 기본적으로 거기 부모들도 내 자식한테는 이 일을 시키지 않겠다 하는 건 있어. 그렇지만 바다하고 사는 삶 자체가 좀 거친 일이어야 말이지. 그런 바다에 비하면 학교나 선생 같은 건 어렵게 대할 상대도 아닌 거지. 어쩌다 배짱 틀리면 한 번씩 찾아와 학교 전체를 들었다 놓고 가기도 하고. 그래서 오히려 선생들이 그쪽을 어렵게 여기는 부분이 많아. 애들을 대할 때도 늘 그 점을 생각하고."

"그런데 애들 말이야. 옷 같은 걸 보고도 알 수 있지 않나? 탄광 쪽은 좀 검고 칙칙한 옷들을 많이 입힌다고 그러던데."

"그런 것도 있겠지. 그렇지만 꼭 그렇지도 않아. 오히려 그걸 의식해 더 밝은 옷을 입히려고 애를 쓰는 사람들도 있으니까."

선생님은 턱으로 저쪽 느티나무 아래를 가리켰다. 그날도 그 아이는 연한 분홍색 블라우스에 또 그것만큼이나 연한 푸른색 치마를 입고 고무줄을 허리에 감고 있었다.

"누군데?"

"광업소 부소장집 딸이다. 광구가 열한 개면 작은 회사가 열한 갠 거야."

그러면서 선생님은 같은 시멘트 의자 끝에 앉아 있는 나를 보고 "석하는 이제 집에 안 가나? 애들하고 놀지 않으면 그만 가지." 했다. 나는 힘없이 자리에서 일어섰다. 그때 선생님 친구가 불러 찬찬히 내 얼굴을 살폈다.

"너도 광산에 사냐?"

"아닙니다."

"그렇지만 걔도 거기 사는 거나 마찬가지다."

나는 아버지의 직업을 말했고, 선생님은 우리가 사는 집의 위치를 말했다. 그게 언제까지였는지 모르지만 아버지도 광업소에서 쌀을 받아오고 목 청소 고기를 받아온 적이 있었다. 어머니에게만 그때가 봄날이었던 것이 아니라 내게도 그때가 봄날이었던 것이다. 그러다 내가 2학년인가 3학년 때부터 아버지는 광산에 나가지 않고 산으로 돌기 시작했다. 우리 집도 사택을 나와 아래 두 칸짜리 방으로 이사를 했다. 대신 어머니가 광업소로 나가 돌을 골라내는 선탄 일을 했다. 그 일은 따로 쌀과 고기가 나오지 않았다. 일의 등급이 낮아서이기도 하겠지만 대부분 광산집 엄마들이 그 일을 하기 때문이었다.

아버지는 늘 산으로만 다녔다. 한 번 떠나면 짧으면

닷새고, 길면 열흘씩도 집에 들어오지 않았다. 산으로 떠나는 아버지의 배낭 안엔 늘 며칠 분의 쌀과 부식, 작은 손곡괭이, 군용 야전삽, 땅속을 깊이 찔러 그 밑을 확인할 수 있는 쇠꼬챙이, 지도 같은 것이 들어 있었다. 한겨울에도 날씨가 아주 춥거나 눈이 내리지 않으면 집보다 산에 가 있을 때가 더 많았다.

황지에서 정동으로 이사할 때 어머니는 아버지를 많이 말렸다고 한다. 아버지는 탄을 파는 일은 어디서든 같으며, 그것이 같으면 목과 가슴에 탄가루가 고이는 일 역시 같은 거라고 말했다고 한다. 그때 아버지는 이미 다른 생각을 하고 있었다.

우리가 정동으로 이사를 오기 바로 전 정동에서 얼마 떨어지지 않은 안인에 화력 발전소 공사가 막 착공되었다. 아버지는 미리 그 생각을 하고 있었던 것이다. 그곳에 발전소만 들어서면 고급탄이든 중질탄이든 무한정으로 석탄을 필요로 할 것이며, 그렇다면 탄질에 관계 없이 앞으로의 수요 또한 무한정할 것이라고 생각한 것이었다. 문제는 그런 탄좌를 새로 발견하고 개발하기만 되는 것이었다. 아버지가 정동으로 이사한 다음 얼마 동안 누구보다 열심히 광업소에 나가 일을 했던 것도 그 준비를 위해서였다. 어머니는 아버지가 안인에 세워진 영동화력발전소가 시험적으로 첫 전기를 내던 때까지도 탄광에 다녔으며, 다음해 그것이 완전하게 준공되던 것과 때를 같이 하여 광업소 일을 그만두었다고 했다.

마치 자기 삶의 전체를 건 도박처럼 탄광을 하고 싶어 환장하고 몸살 난 사람들이 거기에 접근하는 방식은 크게 두 가지다. 성격에 따른 차이가 아니라 돈이 있고 없음에 따른 차이다. 돈이 많은 사람들은 누군가 새로 발견한 탄광이거나 운영 중인 탄광을 돈으로 사들여 거기에 새로 광구를 내거나 먼저 파던 탄들을 마저 파낸다. 돈이 돈을 벌 듯 아주 특별한 사고나 어느 날 갑자기 광맥이 끊기는 식의 아주 특별한 불운과 맞닥뜨리지 않는 한 그들은 당연히 더 많은 돈을 벌게 되어 있다.

문제는 돈이 없는데도 탄광으로 일확천금을 벌고 싶어 환장한 사람들이다. 돈이 없으니 그들은 누가 발견한 새 탄광을 사거나 운영 중인 탄광을 살 수가 없다. 없는 돈으로 빚을 내 그들이 사는 것은 언제나 누군가 이미 다 파먹고 이제 더 이상 파먹을 것이 없다고 판단하여 입구를 막은 폐광이다. 그들은 이제까지 모은 돈이든, 혹은 빚을 낸 돈이든 얼마 되지 않는 돈으로 그 폐광을 사들인다. 그리고 행여 거기에서 무엇이 새로 시작되지 않을까 하는 행운을 꿈꾸는 것이다. 포커로 말하면 일거에 판을 뒤집을 수 있는 같은 수의 카드 네 장을 바라는 것이고, 화투라면 삼팔광땡을 꿈꾸는 것이다.

더러는 그런 꿈같은 행운을 현실로 맛본 사람도 있었을 것이다. 그러나 결론부터 말하면 그것의 성공 확률은 시작부터 거의 전무하다. 갱의 입구를 막을 땐 그것을 막는 사람도 여기서 다시 한 번 무엇이 시작되

지 않을까 파볼 만큼 파보고 뒤져볼 만큼 뒤져본 다음
이제 더 이상 아무런 미련이 남지 않아야 입구를 막는
다. 그러니까 폐광을 사는 사람들은 그런 도박에 임하
면서도 자기 몫으로 무엇이 나올지 모를 새 카드나 새
화투패를 받는 것이 아니라 이미 남이 먼저 아니라고
이렇게 뒤져보고 저렇게 뒤져본 패를 받고, 거기에서
자신의 일생을 바꾸어 줄 같은 수의 카드 네 장이거나
삼팔광땡의 행운을 기대하는 것이다. 지금도 별로 가
진 것이 없고, 예전에도 별로 가진 적이 없어 보이는
데도 '나도 한때 광산을 하다가 어떻게 되었다'는 식으
로 말하는 사람들의 열에 여덟은 이들이다. 사실 이들
은 광산을 하다가 망한 것이 아니라, 그나마 없는 돈
을 주고 빈 광을 뒤지는 도박을 하다가 망한 것이다.

　그러나 아버지는 그런 쪽도 아니었다. 어떻게 보
면 그만큼은 무모하지 않다고 볼 수도 있고, 또 어떻
게 보면 그보다 더 무모하다고 볼 수도 있겠다. 아버
지는 자신이 직접 노두(露頭: 석탄의 광맥이 땅 밖으

로 드러난 곳)를 찾아다녔다. 어머니 말로는 아버지가 일 년만 산을 탈 것이라고 말했다고 한다. 그때에도 어머니는 아버지를 많이 말렸다고 한다. 그러나 아버지의 결심은 이미 처음 정동으로 올 때부터 굳어 있었다. 아버지는 발전소를 상대로 그곳에 들어갈 무진장의 석탄이 나올 탄광을 이미 오래전부터 가슴속에 꿈꾸어 왔다. 발전소가 지어질 때 그것과 똑같은 크기로 아버지의 마음속에도 꿈의 발전소가 지어지고 있었던 것이다.

광업소 사택에 있을 때에도 아버지는 주황, 고동, 보라, 파랑, 노랑, 초록, 쑥색들로 어우러진 지도를 수십 장 쌓아놓고 그것들을 하나하나 펼쳐가며 연구를 했다. 나는 그것이 '탄전지질도'라는 것도 썩 후에 알았다. 그 탄전지질도엔 석탄이 지표면에서 확인된 지점들을 연결한 그것의 노두선(露頭線)이 표시되어 있는데, 아버지가 여러 지역의 탄전지질도를 놓고 연구하는 것이 바로 그 부분이었던 것이다. 석탄은 또 어떤 지형, 어떤 암석층 사이에 주로 분포해 있는가. 각 탄광의 노두 발견지점은 대략 어떠한가. 한 지점에서 발견된 노두가 다음 지점 노두와 연결될 때 그 연결선의 지형은 대략 어떠한가. 여러 색깔 중 초록색으로 칠해진 곳의 땅 밑에 석탄이 있다고 했다.

금방 끝낼 것처럼 집을 나선 아버지의 '일 년'은 끝이 없었다. 그 일 년이 되기도 전에 어머니가 광업소로 선탄 일을 하러 올라갔다. 어떤 때는 집에서 아주 멀리 떨어진 어떤 곳의 경찰서나 파출소에서 어머니 앞으로 전보가 오기도 했다. 아버지가 산을 타다가 동네 사람들한테 간첩으로 오인 신고되었던 적도 한두 번이 아니었다. 실제 아버지의 행색과 배낭 속에 담겨 있는 물건들을 보면 오인 정도가 아니라 어떤 특정 지역을 살피러 온 간첩의 소지품과 조금도 다를 게 없었다. 어디서나 밤을 보낼 수 있는 천막과 판쵸, 식량과 취사도구, 손곡괭이, 군용 야전삽, 쇠꼬챙이, 그리고 그 지역에 있는 고작 서너 가구의 민가 위치까지도 표시되어 있는 아주 상세한 지도, 또 지령받거나 스스로 작성한 작전 지역의 구분처럼 무언가 비밀스레 이런 저런 색깔들로 덧칠을 한 탄전지질도, 총과 무전기만 없다뿐이지 간첩들이 가지고 다닐만한 물건들은 다 가지고 다녔던 것이다. 그런 잦은 오인 신고와 체포, 몸이 상할 만큼의 봉변도 아버지의 '일 년'이 오기처럼 무한정 연장되는 것을 막지 못했다.

여러 해가 흐르는 동안 몇 개의 노두를 찾아내기는 했다고 한다. 그러나 노두 그 자체에서 끝나는 광맥의 지문 같은 흔적이었거나, 동업자를 끌어대 굴착기를 대본 곳들도 매장량이 터무니없이 작아 광구를 뚫기는커녕 이후 삽을 댈 채산성조차 계산되지 않는 것들이었다고 했다. 안인에 있는 영동발전소는 해를 거듭할수록 발전량을 늘여갔으나 그 발전소로 들어갈 무진장의 광맥은커녕 같은 기간 동안 아버지는 산에서 돌아와 다음번 산으로 떠날 때까지 자신이 기거하는 방에 넣을 연탄 한 장 스스로 해결하지 못했던 것이다.

부끄러움을 가르쳐 드립니다

그 아이에 대해 내가 가졌던 부끄러움 중의 하나도 그 연탄과 관련해서였다. 아버지가 광업소에 나갈 땐 쌀과 고기만 나왔던 것이 아니라 광업소에서 찍은 연탄도 함께 나왔다. 아버지가 광업소에서 나오자 모든 것이 일시에 끊겼다. 우리는 사택 아래 어떤 집에 밖으로 부엌을 붙인 방 두 칸을 얻어 들어갔다. 안채와 떨어져 지은 외채인데 바깥에 부엌을 들인 아랫방은 화목 아궁이였고, 웃방은 연탄아궁이였다. 한 집 아궁이를 어떻게 그런 식으로 따로따로 만들었을까 싶지만, 주인아주머니의 말을 들어보면 또 당연히 그렇게 만들 수밖에 없는 아궁이기도 했다.

우리가 사택을 나올 쯤엔 결혼 안 한 광부들도 사택 안의 합숙소로 들어갔다. 그전엔 바깥에 따로 방을 한 칸씩 얻어 있었던 것이다. 우리는 그냥 들어갔지만 그 방도 예전엔 어떤 총각 광부가 한 달에 쌀 한 말씩 세를 주고 들어있던 방이라고 했다. 연탄은 광업소에서 나오고 (쌀과 함께 일정 부분 월급에서 제하고 나오는 것이긴 하지만) 그렇다면 연탄 대신 따로 귀찮게 장작을 사 땔 이유가 없는 것이다. 그래서 총각의 요구대로 쌀 닷 말 값을 들여 그 방 하나만 구들을 뜯어 연탄 아궁이로 고친 것이었다.

문제는 이제 우리 집엔 연탄이 나오지 않는데 연탄 아궁이가 있는 방을 얻은 것이었다. 봄과 여름, 가을이라면 모를까, 겨울 동안 아버지가 산에서 돌아와 있는 날까지 불을 때지 않을 수 없는 일이었다. 겨울에도 산을 밟았지만 그래도 열흘에 닷새는 집에 와 있었다. 그 닷새 중의 사흘은 아침에 떠났다가 저녁때 돌아올 수 있는, 전에도 몇 번이고 뒤졌을 가까운 산들을 습관적으로 뒤지곤 했다.

물론 어머니가 광업소에 일을 나가 품삯의 일부로 분탄을 수레에 받아오기는 했다. 그러나 한두 번 그렇게 하는 걸로 한 해 겨울 그 방에 땔 연탄을 모두 준비할 수는 없었다. 아무리 아끼고 불구멍을 틀어막는다 해도 어쨌거나 한 해 겨울을 보내자면 다른 방에 들어갈 절반 정도의 연탄이 필요한 것이다. 광업소에선 광부들의 사택에 필요한 연탄만 찍었지 마을에 팔거나 마을에 필요한 연탄을 찍는 게 아니었다. 연탄아궁이가 있는 집들은 광업소에서 분탄을 구해 직접 연탄을 찍어 썼다.

우리 집에도 연탄을 찍는 '탄찍개'가 있었다. 사택에 있을 땐 어쩌다 한 번 깨어진 연탄을 모아 새 연탄을 만들 때 그것을 썼다. 그때는 깨어진 연탄의 반죽만 맞추어 다시 찍어내면 되었지만 분탄으로 연탄을 만들 때는 거기에 일정 비율의 진흙을 섞어 그것을 찍어내는 것이다. 어떻게 보면 벽돌을 찍는 기계와도 같고, 또 어떻게 보면 같은 모양의 국화빵을 찍어내는 커다란 다식판과도 같다. 진흙을 섞은 분탄을 틀 안에 넣고 탄메(없으면 그냥 굵은 몽둥이)로 그것이 나중에 흩어지거나 깨지지 않도록 단단하게 두드린 다음 탄구멍을 내줄 철근들이 박힌 윗판을 걷어내고 겉틀을 들어내는 것이다.

화목 아궁이에 땔 나무도 처음엔 돈을 주고 사서 땠다. 다음해부터 어머니가 직접 산에 가서 나무를 해왔고, 나도 그것을 도왔다. 5학년 때부터는 내가 해오는 나무가 어머니가 해오는 나무보다 훨씬 많았다. 나무는 그것을 하기가 힘들어도 부지런하기만 하면 충분히 준비할 수 있는데, 문제는 광업소에서 어머니가 품삯의 일부로 수레에 싣고 오는 분탄의 양이 한 해 겨울 동안 웃방에 쓸 연탄을 다 찍어내기엔 턱없이 부족하다는 것이었다.

누구나 들어보면, 또 들어봤으니까 알 것이다. 연탄

한 장이 얼마나 무거운지. 그러나 어디서든 구할 수 있고, 또 쉽게 가져올 수 있게 널려 있는 것이라면 그 것을 가져오는 거리와 무게 같은 것은 아무 문제가 되지 않는다. 동네 전체가 탄밖에 없는 것 같아도 막상 찾으려 들면 일정한 자리에 말고는 없는 게 또 그것이다. 그런 걸 어머니와 내가 수시로 구해와야 하는데, 광산 주변 저탄장에 흩어져 있는 탄 부스러기들, 그것을 싣고 오가는 차들이 길가에 떨군 덩어리들, 사택에서 버린 연탄재 중에 겨우 겉만 타다가 만 것들, 그리고 누가 보면 길가에 떨어져 있던 것과 흩어져 있던 것들이라고 우기며 저녁 어스름한 시간 직접 저탄장의 물건에 손을 대서 가져와야 하는 것들…. 언제라도 그것을 주워담고 퍼담을 수 있는 시커먼 마대자루가 부엌에 있었다.

그 탄 자루를 들고 나선 거리에서 우연이라도 그 아이와 마주치면 나는 부끄러웠다. 그 아이가 어디 가느냐고 묻기라도 하면 정말 대답할 말이 없게 부끄러웠

다. 어떤 식으로든 내가 가져오는 것은 그 아이의 집
광업소에서 나온 탄이기 때문이었다. 어스름 녘, 장화
신은 고양이처럼 아무도 몰래 탄 자루를 들고 나섰을
때, 그렇게 나선 길에서 그 아이를 만났을 때, 그리고
그 아이가 어디로 가느냐고 물었을 때…. 그때는 품속
이라든가 등 뒤에 탄 자루를 감출 수라도 있지만 연탄
한 장 분량이든 두 장 분량이든 그것이 든 탄 자루를
들고 오다가 그 아이와 마주쳤을 때, 아무것도 모르는
것처럼 그 아이가 어디에 갔다 오느냐고 물었을 때….
한 사람이 죽고 싶을 만큼 부끄러움을 느낀다는 것이
어떤 마음인지 나는 그때 알았다.

타다 만 연탄을 찾기 위해 사택의 탄재더미를 뒤
질 때도 나는 더할 수 없이 부끄러웠다. 그것을 처음
엔 그 자리에 없던 그 아이가 어느새 밖으로 나와 보
기라도 하면 그 쓰레기 더미 속으로 몸을 감추고 싶은
마음이 되곤 했다. 그러나 한 번도 어머니에게 우리
도 돈을 주고 탄을 사자고 말하지 못했다. 어머니 역

시 그러고 싶은 마음이었겠지만 우리 집에 그런 부끄러운 탄보다 늘 먼저 떨어지는 것이 쌀과 국수라는 걸 나도 잘 알고 있었기 때문이다.

어쩌다, 정말 어쩌다 어머니가 광업소에서 품삯 대신 분탄을 받아와 연탄을 찍을 때, 그때 역시 나는 부끄러웠다. 그런 날은 동네 사람들과 지나가는 사람들 다 보란 듯이 마당에서 연탄을 찍었다. 우리도 광업소에서 탄을 받아와 찍는다, 그것을 동네 사람 모두에게 말하고 싶은 것이다. 그렇다고 떳떳해지거나 떳떳해지기 위해 그러는 것도 아니었다. 나중에 뒤로 자루에 담아와 그때그때 부엌에서 몰래 찍어야 할 연탄들에 대해 미리 그렇게 변명을 해두는 것이다. 우리 집 부엌 한쪽 구석에 쌓아둔 연탄들 모두 다 그렇게 광업소에서 받아와 찍은 것들이라는 것을. 어머니와 내가 길가에 떨어지고 흩어진 것들을 모아와 찍는 것은 정말 어쩌다 한 두 개라는 것을. 그러나 이렇게 말해도 알고 저렇게 말해도 사람들은 안다. 정말 '어쩌다가'는 길가나 저탄장의 것이 아니라 품삯 대신 받아와 마당에서 찍는 몇 개뿐이라는 것을. 그것을 알기에 마당에서 연탄을 찍는 일 역시 부끄러웠고, 그것을 그 아이가 볼 때 말할 수 없이 부끄러웠다.

때로는 길에 흘린 것을 주워담아 오는 척하며 저탄장 가의 그것을 퍼오는 모습을 마을 사람들에게 보일 때도 있었다. 대부분은 보고도 못 본 척했다. 우선은 상관이 없고, 아주 가끔 자기들도 그러거나 또 우리의 처지를 잘 알고 이해하기 때문이었다. 그러나 길에서든 어디에서든 어머니를 만나면 벼르고 있었다는 듯 꼭 이야기를 하는 사람(이름도 나와 비슷한 승하 엄마)도 있었다. "지난 번 언제 저녁에 보니 그 집 석하가…." 하는 식으로.

'길에서든 어디에서든'이라고 했지만 그 말을 하는 장소는 거의 정해져 있다. 어머니와 함께 광업소로 일을 하러 올라갔을 때이다. 말의 효과를 위해 일부러 장소를 거기로 고르는 것인데 어머니에게 특별히

미운 털이 박혀서일 수도, 내게 그 털이 박혀서일 수도 있다. 어스름 저녁이면 아무도 몰래 탄 자루를 들고 다님에도 거북스럽게 나는 내가 마을에서 누구보다 많은 칭찬을 듣고 있다는 걸 애써 모르는 척할 뿐 조금은 들어 알고 있었다. 늘 산으로 떠도는 아버지와 그런 불우한 형편 때문에 지게를 지고 산에 가서 나무를 해오거나 탄 자루를 들고 다니는 일까지 어린 나이에 한 집안 살림의 일정 부분을 맡고 있는 소년 가장의 그것처럼 오히려 좋은 쪽으로 연결되어 얘기되곤 했을 것이다. 승하 엄마도 다른 건 다 참아도 자식들끼리 서로 남의 입에 비교되는 건 참을 수 없었던 것인지 모른다. 어머니가 얼마 전에도 품삯 대신 탄 수레를 끌고 왔는데도 다시 그것을 끌고 오면 광업소에서 일을 하던 중 무슨 일이 있었던 게 분명하다. 다른 곳도 아닌 광업소에서 그 얘기를 듣고 나서까지 어머니는 전표로 품삯을 받을 수 없었을 것이다.

"니 요전 저녁에 승하 엄마 봤더나?"

저녁에 돌아와 작은 소리로 그렇게 묻는 날은 대개 그랬다. 내가 화비령으로 꽃을 따러갈 때 꽃에도 목숨이 있다고 말하던 어머니도 탄에 대해서는 더 말하지 않았다. 나는 승하 엄마한테 그런 모습을 보였다는 것이 어머니에게 까닭없이 죄스러웠고, 어머니 역시 그러면서도 탄 자루를 들고 나가는 것을 보고도 못 본 척 해야 하는 아들에게 한없이 미안해했다. 그런 날은 저녁을 먹으면서도 어머니의 국수 그릇에서 내 국수 그릇으로 한 번 더 국자가 오고가지만 어머니도 나도 저녁을 남기고 만다. 그런데도 이상하게 우리 집의 그런 구차함이 조금도 부끄럽게 생각되지 않는 것도 바로 그런 날 저녁이다. 아버지에 대해서도 원망보다는 한없이 가엽고 안타까운 생각이 들고 어린 마음에도 가난이 나를 키우고 있구나 하는 것을 깨닫는 것도 그런 날 저녁이다. 기도를 할 줄 알았다면 아마 가장 욕심 없는 기도를 그런 날 저녁에 했을 것이다.

더러는 그 정도가 되면 둘 다 화목 아궁이를 쓰는

집으로 이사를 하거나 살림을 한 방으로 줄이면 되지 않느냐고 말할지도 모르겠다. 그건 누구보다 어머니와 내가 더 그러고 싶었다. 그러나 이사를 하자 해도 우선 그럴 만한 집이 나야 했고, 집이 나더라도 형편이 맞아야 했다. 지금 들어가 있는 집은 우리가 나오면 그냥 묵혀둘 방 두 개를 별다른 세 없이 (더구나 예전에 합숙소가 없을 땐 방 하나에도 다달이 쌀 한 말씩 받던 것을) 그냥 쓰고 있는 셈이었다. 사람 훈김 없이 집을 묵혀두면 금방 서까래가 주저앉기 때문에 주인아주머니도 안채와 떼어 지은 그곳에 누군가 들어와 주길 바랐고, 사택을 나오며 돈 쓸 자리를 최대한 줄여야 하는 아버지 어머니 역시 그런 그 집이 마음에 들었던 것이다. 그리고 이제는 다른 데로 옮기고 싶어도 옮길 형편이 안 되는 것이었다.

방 두 개를 하나로 줄이는 것 역시 그랬다. 시골 방이라는 게 어른 하나 누우면 이쪽과 저쪽에 머리와 발 끝이 닿을 정도인데, 그 방 하나에 사람 셋이 앉을 자리를 마련하는 일은 둘째치고 그나마 얼마 되지도 않는 세간조차 다 들여놓을 수가 없는 것이다. 구들을 뜯어 다시 아랫방 아궁이와 방고래를 연결한다 해도 그것 역시 한꺼번에 쌀 닷 말이 드는 일이었다. 그래서 부끄럽고 싫어도 천상 연탄아궁이 하나를 사용할 수밖에 없는 일이었다.

그러던 어느 날 장화는 신지 않았지만 장화 신은 고양이처럼 시커먼 옷을 입고 길가에 떨어지고 흩어진 것을 주워오는 것처럼 저탄장에 나가 내가 들을 수 있을 만큼 탄가루를 자루에 퍼담아 뒤도 돌아보지 않고 끙끙대며 집으로 오던 길에 그 아이를 만났다. 앞으로 마주친 것이 아니라 뒤에서 그 아이가 내 이름을 부르며 따라왔다.

"석하야."

그때도 참 많이 놀라고 많이 부끄러웠다. 감출 수 없는 자루와 감출 수 없는 부끄러움 중 어느 것이 더 무거웠던 것인지 나는 모른다. 다른 때보다 아마 한

장은 더 많이 퍼담은 날이었다. 손에 무거운 무엇을 들고 있다는 것조차 생각나지 않을 만큼 그 아이가 내 뒤를 따라왔다는 것에 대해서만 온통 신경이 쓰였다. 미연이구나, 하는 말도 제대로 하지 못했다.

"저쪽에서부터 불렀는데도 못 듣네."

그렇다면 처음부터 보았을 수도 있고, 보지 않았다 하더라도 그곳에서부터 나를 따라왔을 수도 있었다.

"광산에 갔다 오는 길이다."

그 아이는 아버지의 심부름을 갔다 오는 길이라고 했다.

"무서워서 막 빨리 걸어오다가 널 봤다. 불렀는데 대답도 안하고."

못 들었다는 말도 하지 않았다. 들었다 해도 나는 숨고만 싶지 뒤돌아 대답할 용기가 나지 않았을 것이다.

"무거운가 보다."

그 아이도 그게 탄이라는 것을 알았을 것이다. 어디

서 가져오는 것이라는 것도 알았을 것이다. 그런데도 나를 안심시키고 위로하듯 말했다.

"여긴 길이 안 좋으니까 차들이 너무 많이 흘려. 덜 컹거리니까."

"…."

"어떤 때 보면 덩어리들도 막 흘리고."

그래도 내가 아무 말을 않자 다시 그 아이가 말했다.

"같이 들까?"

"아니야. 옷 버려."

비로소 나는 입을 열고 그 아이로부터 한 발짝 옆으로 벗어났다.

"버리면 어때. 빨면 되는데."

"무겁지 않아."

그 말이 자루에 담은 탄이 많지 않다는 변명처럼 들렸을까 싶어 나는 다시 고쳐 말했다.

"많지만 무겁지는…."

"나는 한 장도 잘 못 드는데."

집 앞까지 그 아이와 함께 왔다. 그 아이가 자기도 탄 자루를 들 수 있다며 같이 들자고 했지만 그것만은 뻘뻘 땀을 흘리면서도 사양했다. 다른 때 같으면 중간에 한 번이나 두 번 자루를 내려놓고 쉬기도 했겠지만, 그 아이가 함께 들자고 할까봐 무거워도 중간에 내려놓지 않고 집까지 왔다. 그리고 탄 자루를 마당 한구석에 내려놓고 그 아이를 집까지 바래다주었다.

"고마워, 석하야."

"아니. 내가 그래. 미연이 니한테."

"니, 나무하기도 힘든데. 이제 중학교 가면 공부도 더 많이 해야 하고…."

그 말이 그 뜻이었던 것일까. 다음날, 어머니가 광업소로 올라가지도 않았는데, 광업소에서 탄을 실은 수레가 두 번이나 그득 그것을 싣고 우리 집으로 내려왔다.

어머니는 전에 일한 품삯이 혹시 그렇게 나온 게 아

닌가 싶어 놀란 얼굴로 탄을 가져온 아저씨들에게 물었다.

"이 집 아들 상이랍니다. 상요."

"상이라니오?"

"상도 몰라요? 학교에서 주는 상이 있으면 광업소에서 주는 상도 있고 그런 거지요. 부소장님 상이랍니다. 이 집 아들한테."

"부소장님께서 왜 우리 석하한테…."

"그걸 우리가 어떻게 알아요? 아주머니도 모르는걸. 아이가 상 받을 일을 했으니까 주는 거겠지요. 이게 돈이 얼만데."

그 탄은 다음 봄과 가을, 겨울에도 왔고, 어머니와 내가 정동을 떠나 서울로 이사하던 때까지 매년 그렇게 때만 되면 우리 집으로 내려왔다.

저녁의 작별인사

아버지는 내가 중학교 3학년이 되던 해 봄에 세상을 떠났다. 그날 학교로 광업소에서 전화가 걸려왔다. 내가 받은 것이 아니라 담임선생님이 받아 그 말을 내게 전했다.

"놀라지 말고 내 말 잘 들어라. 아버지한테 무슨 일이 생긴 모양이다. 지금 가방을 싸서 집으로 가 봐라. 며칠 학교는 걱정하지 말고."

처음엔 아버지가 또 산을 타다가 간첩으로 오인되어 어디에 붙잡혀 있는가 생각했다. 기차를 타고 남들보다 세 시간 빨리 집으로 돌아가자 동네 사람들이 좁은 우리 집 마당을 가득 채우고 있었다.

 "상주가 이제 오네."

 아버지는 경동탄광과 강원탄광 뒤쪽에 있는 해발 800미터의 망덕산을 뒤지다 절벽 아래로 떨어져 죽었다고 했다. 어떤 사람들은 아직 눈이 남은 절벽을 타다가 미끄러졌을 거라고 했고, 또 어떤 사람들은 언 땅이 녹으며 느슨해진 돌부리를 잘못 밟아 그렇게 되었을 거라고 했다. 어느 쪽 말이 맞든 아버지는 그 절벽에서 자신의 마지막 노두를 찾다가 아래로 떨어져 머리와 얼굴, 여러 개의 갈비뼈를 함께 상한 것이었다. 어머니는 참 많이도 울었다. 나도 그런 아버지가 불쌍해 어머니가 울 때마다 함께 속으로 울음을 삼키며 눈물을 흘렸다. 그러면서 망덕산 꼭대기에선 안인 화력발전소의 굴뚝과 그 굴뚝에서 솟아오르는 연기가 보일까를 생각했다.

 이틀 후, 강릉 화장터에서 아버지의 몸을 태우고 돌아오던 길에 쳐다본 안인 화력발전소의 굴뚝은 참으로 높았다. 어쩌면 아버지는 절벽에서 떨어지는 순간에도 저 굴뚝을 보았겠다는 생각이 들었다. 그 굴뚝 너머로 어둠이 내리고 있었다. 그러나 지상에서 가장 큰 발전소 하나는 이틀 전 아버지의 가슴속에 스러져 갔다.

그리고 그 봄, 또 하나 내 마음속의 아픈 풍경을 기억한다.

내가 강릉 향교에서 열린 백일장에 참가했던 건 이미 내일모레 서울의 어느 학교로 전학 날까지 정해진 다음의 일이었다. 2학년 때도 나갔지만, 3학년 때 전학 날까지 정해진 다음에도 나갈 수 있었던 건 그 대회 사흘 전 하학 기차 안에서 그 아이가 백일장에 참가한다는 얘기를 들었기 때문이었다.

"이 기차 이제 이틀만 더 타면 일요일이다. 나는 공부하기 싫으면 맨날 그런 것만 계산해."

여학생들끼리만 모여앉은 자리에서 어느 아이가 그렇게 말하자 그 아이가 이쪽 자리에 앉은 내 귀에까지

들리게 이렇게 말하던 것이었다.

"좋겠다. 난 이번 일요일에도 나와야 해."

"학교에서 나오래?"

"아니. 학교가 아니고 향교에 가야 해. 아침 열 시 반까지."

"그럼 너도 백일장 나가는 모양이구나."

"응. 우리반 애들이 다들 안 나간다니까….."

"느네 학교도 참 인재가 없다. 니 같은 애보고 그런 데 나가라고 그러고."

"그러게 말이지. 난 그런 쪽 소질이 정말 없는데."

다음날 나는 일부러 국어 선생님을 찾아가 전학 기념으로 나도 그 대회에 참가하고 싶다고 말했다. 서울로 이사 가기 전 그 아이에게 하고 싶은 얘기가 있었다. 지난 몇 해 동안 탄을 보내준 고마움에 대해서도 말해야 했고, 그동안 부끄러워 말은 하지 못했지만 마음속으로 너를 많이 좋아했다는 말도 정동을 떠나기 전 우리 이별의 한 절차로 꼭 말해주고 싶었다.

얼핏 생각하기에 같은 기차를 타고 다니는 통학생들이면 그 기차를 타고 다니는 동안 서로 많은 말들을 할 수 있을 것 같지만 사실은 그렇지가 못했다. 고등학교를 다니는 형과 누나들은 의자 등받이를 이쪽저쪽으로 젖혀놓고 같은 자리에 앉아 이런저런 얘기를 (때로는 학교별로, 또 어떤 때는 통학 구간 간에 패싸움까지) 했지만 중학생들은 그 기차의 오랜 전통처럼 남학생과 여학생이 같은 칸에 앉아도 저만치 떨어져 앉아야 했다. 중학교에 입학하면 고등학교 형과 누나들이 제일 먼저 주의 주는 일이 그것이었다. 중3쯤 되었다고 같은 자리에 앉거나 기차 통로 사이에 서서 오랜 시간 말을 주고받다가 걸리면 고등학교 형들에게 가차없이 다른 통로나 화장실로 끌려가곤 했다. 또 역에 내려서도 저마다 뿔뿔이 집으로 흩어지기 바빴다. 같은 동네여도 함께 통학하는 다른 아이들이 여럿 있어 둘만 따로 그런 얘기를 하며 집으로 갈 수 있는 기회도 거의 없었다.

그대 정동진에 가면

더구나 그 아이에겐 중학교에 입학한 다음 얼마 후부터 특별히 가깝게 지내는, 우리보다 두 해 위의 형이 있었다. 묵호에서 통학하는 다른 학교 형이었다. 삼척이나 영주에서 들어오는 기차가 정동역에 들어와 천천히 굴러가다 멈추어 설 때, 그 아이는 항상 먼저 기차를 타고 있는 그 형을 향해 가슴 옆이거나 얼굴 옆에 가만히 손을 펴 보인 다음 기차에 오르곤 했다. 기차 안에 있던 형도 마찬가지였다. 그렇다고 같은 자리에까지 앉지는 않았지만 먼 자리에서도 서로를 늘 의식하는 듯했다. 그러다 그 형이 고등학생이 되고 우리가 2학년이 되었을 때부터 그 형은 가끔 객차와 객차를 연결한 통로로 그 아이를 불러내 이런 저런 얘기를 주고받기도 했다. 그 아이의 얼굴도 탄광촌에 사는 아이답지 않게 도회적이었지만, 묵호에서 여러 척의 배와 제빙공장을 가지고 있다는 그 형의 얼굴 역시 모든 통학생들 중 가장 귀티가 나 보였다. 우리 집의 이삿날이 정해진 다음에까지도 내가 그 아이에게 아무 말도 하지 못했던 것도 어쩌면 선배들이 잡고 있는 통학 기강보다 나하고는 어느 면으로나 비교할 수 없는 그 형의 존재 때문이었는지도 모른다.

그날 우리가 받았던 시제가 무엇이었는지 나는 기억하지 못한다. 열 시 반까지 가도 되는 행사를 여덟 시 반까지 가는 학교 시간과 맞추어 역에 나가 그 아이가 나오길 기다려 같은 기차를 탔으며, 오후에도 저녁때가 거의 다 되어서야 방이 붙은 입상자 발표를 보기 무섭게 먼저 역으로 달려와 그 아이를 기다리기까지 내 생각은 온통 그 아이에게만 붙잡혀 있었다. 소질이 없다면서 시제를 받고 나서 바로 돌아간 것은 아닐까. 작품을 쓰다 자신이 없어 그냥 역으로 나간 것은 아닐까. 또 작품을 내긴 했어도 자기 이름이 그 안에 들지 않을 걸 알고 방이 붙기 전 미리 여길 떠난 것은 아닐까. 물론 그것 때문에 못 쓴 것은 아니지만 중등부의 시부와 산문부에 각각 네 명씩 내걸린 입상자 명단에 우리 이름은 없었다. 그 아이는 나보다 20분이나 늦게 역으로 나왔다.

그날 저녁 내 마음은 참으로 슬프고도 또 울렁거렸다. 그동안 이태가 넘게 통학을 하면서도 단 한 번 그 아이와 둘이서만 기차를 타거나 얘기할 시간이 없었는데 처음이자 마지막으로 그런 시간을 갖게 된 것이었다. 처음엔 입상자 명단에 내 이름이 없는 것에 대해 이게 이곳에서 마지막인데 하는 아쉬움도 있었지만 함께 빈손으로 돌아갈 그 아이를 생각하자 오히려 잘된 일이라는 생각까지 들 정도였다. 그러나 같은 자리에 앉아 돌아오는 기차 안에서도 나는 그 아이에게 많은 말을 하지 못했다. 백일장의 낙선에 대해 잠시 서먹하게 서로를 위로했고, 기차가 안인을 지난 다음에야 비로소 나는 내일모레 서울로 이사를 가게 되었다는 얘기를 했다.

"그럼 학교는….."

처음엔 믿지 않는 얼굴이다가 내가 거듭 내일모레라고 말하자 그 아이는 그것부터 물었다. 우리 집 형편을 짐작한다면 이사를 하는 것과 동시에 학교까지 그만둘 수도 있는 일이었다.

"서울에서 다니게 될 거야. 이사도 서울에 있는 이모가 도와줘서 하는 거고."

"그럼 다행이다. 거기 가서도 학교를 다닐 수 있다면…."

"그리고 미연이 너한테 할 얘기가 있어. 전에도 여러 번 하려고 했는데 못한 얘기가…."

"말해. 지금은 우리 둘밖에 없으니까."

"나, 사실 너한테 그 얘기를 하려고 오늘 일부러 백일장 나갔던 거야."

"무슨 얘긴데?"

"내일 느 아버지한테 따로 인사를 드리러 갈 거야. 그동안 탄을 보내주셔서 고맙다고. 그리고 너한테도 고맙다고 얘기를 하려고 했는데 둘이서만 얘기할 기회도 없고 해서 하지 못했어. 다른 애들이 듣는 데서는 할 수도 없는 얘기고 해서…."

"석하야."

"…."

"전에도 네가 얘기했어. 그런 얘기는 한 번만 하면 되는 거고. 자꾸 하면 부끄러워지잖아. 그때도 나 얼마나 부끄러웠는데."

"정말 얼마나 고마웠는지 몰라. 앞으로도 느 아버지 은혜하고 니 마음씨 잊지 않을 거야."

"이제 우리가 집에 다 갈 때까지 그런 말 하지 마. 난 부끄러워지면 눈물이 난단 말이야. 니 전학 간다는 말을 듣고도 얼마나 놀랐는데…."

그때 이미 그 아이의 눈엔 눈물이 맺혀 있었다. 나도 갑자기 말을 잊은 얼굴로 멍하니 그 아이를 바라보기만 했다. 그러다 기차가 곧 정동역에 도착한다는 안내 방송이 흘러나오자 다시 그 아이가 나를 불렀다.

"석하야."

"…."

"그럼 나, 미리 인사할게. 나중에 큰 사람이 되어서

꼭 다시 와야 돼."

　나로서는 적수가 될 수 없는 연적이 이미 있긴 했지만, 그러나 마치 우리 첫사랑의 언약과도 같은 그 말에 나는 대답하지 못했다. 나도 모르게 그만 눈물이 핑 돌고 만 것이었다. 무슨 말인가 꺼내면 내 얼굴에도 그렇게 눈물이 흘러내릴 것 같았다. 역에 내리자 파도는 여전히 우리 발밑 가까이 다가왔고, 통학권을 보이고 역 바깥마당으로 나서자 저녁 늦은 시간에 돌아온 그 아이를 데리러 광산의 지프가 내려와 있었다. 아마 다른 때 같으면 그 아이가 먼저 함께 차를 타자고 말했을 것이다. 그 아이는 눈물을 닦는 뒷모습을 보이며 지프 쪽으로 뛰어갔다. 그것이 어둠 속에 바라본 그 아이의 마지막 모습이었다.

　다음날 나는 이사 준비 때문에 학교에 가지 못했다. 마지막 인사는 이미 토요일에 했던 것이다. 그 아이의 아버지에게 하는 인사도 낮에 광업소로 올라가 하고 왔다. 부끄럽게 마지막 인사 때에도 나는 돈 2천원을 받아왔다.

"꿈 많은 아버지 때문에 힘들게 살았던 것 안다만, 또 살다보면 여기 시절이 좋았다는 생각이 들 때도 있을 거다. 이다음 잘 되어서도 우리 미연이 잊지 말고. 어제도 너 안 됐다고 우는 걸 미연이 엄마가 겨우 달랬다. 너 여기서 하는 걸 봐서도 이다음 틀림없이 잘될 거라고. 그리고 이건 가다가 점심 사 먹고…."

그러나 그 아이에게 끝내 말하지 못한 게 있었다. 그동안 부끄러워 말하지 못했지만 마음속으로 너를 많이 좋아했다는 말을. 저녁에도 그 아이의 집 울 밖까지 갔다가 그냥 돌아왔다. 나 혼자만 우리 이별의 한 절차를 끝낸 것이었다.

비눗방울 속의 풍경들

다음날 아침, 폐촌이 된 사택 입구에 '남파 간첩 및 범죄자들의 은신처로 사용될 우려가 있으므로 외부인의 출입을 엄금한다'는 내용의 경고문을 바라볼 때 비감스럽던 기분에 대해서는 더 이상 말하지 않겠다.

예전에 마당 가득 들려오던 아이들 웃음소리 대신 언제 사람들이 떠난 것인지도 모르게 그 마당 한가운데까지 허리높이로 자란 마른 쑥대들에 대해서도 이제 그만 입을 다물겠다. 거기에 대해선 어젯밤 어둠 속에서일망정 충분히 비감스러울 만큼 비감스러웠다.

오히려 그보다 더 나를 놀라게 하고 비감스럽게 한

것은 오후에 나가본 바닷가 쪽의 상황이었다.

폐허처럼 변해버린 광산과는 달리 역 부근은 멀리에서 보기에도 또다른 쪽으로 급속하게 변해가고 있는 듯했다.

보편적으로 느끼는 시간의 변화와는 다르게 예전 같으면 생각할 수도 없는 건물들이 이미 역과 바다를 막아섰고, 그보다 더 많은 건물들이 좁은 동네 안에 서로 경쟁하듯 새로 지어지고 있었다.

가까이 다가가 본 모습 역시 그랬다. 마을 입구로 들어서자 허물고 새로 짓는 집들 말고도 거의 모든 집들이 새 단장을 끝낸 다음 민박 간판을 붙이고 저마다 그 안에 가게를 열고 있었다. 거리에도 온통 외지에서 온 차량과 외지에서 온 사람들뿐이었다.

그 사이를 뚫고 역 앞길로 들어서자 그곳은 또 온통 '모래시계' 천지였다. 눈에 들어오는 대로 음식점도 모래시계였고, 카페와 모텔도, 좁은 길옆에 늘어선 포장마차들도 모래시계였다. 또 거기에 내붙인 음식과 커피 이름에도 모래시계가 들어가 있으며, 길가에서 파는 기념품 속에도 모래시계가 있었고, 그 모래시계가 아닌 다른 기념품들에도 어김없이 모래시계라는 글자가 들어가 있어 한 작은 마을 전체가 온통 그런 모래시계로 지어지고, 그 모래시계로 밥을 먹고 잠을 자며 오직 그것만을 기리기 위해 존재하는 듯했다. 거기에 심곡으로 나가는 길 산꼭대기에까지 카페와 음식점으로 사용할 기차를 끌어올려 놓았다.광산 마을과 마찬가지로 이곳 바닷가 역시 예전의 정동이 아닌 것이었다.

아직 다 둘러보지 않았지만 광산 마을이 무언가를 잃어버리고 잊혀져가는 동네라면 이곳 바닷가 마을은 첫눈에도 이제부터 하나하나 개발되고 채워지는 것이 아니라 일찍이 경포대가 그랬던 것처럼 돈만 주면 우리는 우리 삶의 마당까지 내줄 수 있다는 식으로 오히려 그 무엇인가로부터 하나하나 빼앗기며 약탈당하고 있는 듯한 느낌을 지울 수가 없던 것이다.

한때 내가 산 밑 마을에 살았던 이유로 그곳의 폐허됨을 안타까워하고, 첫눈에 달라진 이곳의 개발과 발전을 시기하고 질투해서 하는 소리라고 생각하지 마라. 이쪽이 상관이 없다면 그쪽도 내게 마찬가지며, 지난 세월 동안 보다 깊어진 애정이 있다면 그것 역시 이쪽과 그쪽이 마찬가지다. 어느 쪽도 내겐 가슴 아픈 삶과 아련한 첫사랑이 있던 정동이며, 아직도 그 첫사랑의 여인이 이곳 어딘가에 살고 있을지도 모르는 것이었다. 다만 내가 이곳의 옛 모습과 옛길을 기억하고, 풍문으로나마 지금 이곳에 불고 있는 급작스러운 바람 얘기를 들었다. 저 산중의 기차 카페를 보듯 돈이 하는 일이란 귀신까지도 불가능하다고 제쳐놓은 일을 가능하게 하는 것이었다.

양쪽 길을 막고선 건물들과 포장마차들로 바다는 길이 비좁게 오가는 자동차와 사람들 사이를 빠져 간신히 해변 쪽으로 마련된 주차장 안으로 들어선 다음에야 볼 수 있었다. 하나하나 제대로 채워 넣으면 수

백 대의 자동차를 집어넣을 그 주차장도 예전엔 역 바로 옆에 저탄장으로 쓰던 자리였다. 그곳에 산처럼 쌓아놓은 탄가루가 길 바깥 마을로 날고, 역으로 날고, 해변으로 날고, 바다로 날았다.

이곳 바다 앞을 지나는 기찻길과 역도 사람보다 먼저 석탄을 실어나르기 위해 만든 것이었다. 그래서 내 어린 기억 속의 정동역은 아침마다 바른 동쪽에서 둥근 해가 솟아오르는 바다와 가장 가까운 역으로가 아니라 (그런 것은 지금에 와서야 호들갑스레 의미를 주어 찾는 것이지) 그 탄가루로 시커멓던 플랫폼과 시커먼 바닷가로 남아 있다.

자동차를 주차시키는 동안 아직 역사(驛舍)는 보지 못했지만 바다 앞쪽으로 길게 늘어선 플랫폼은 금방이라도 새로 블록을 깔고 물청소를 끝낸 듯 깨끗하게 단장되어 있었다. 눈앞에 펼쳐진 해변의 모래 역시 이제야 제 빛깔을 찾은 듯 희고 고왔다. 그 고운 모래로 푸른 물결에서 흰 물결로 파도가 밀려오고, 웬만한 해수욕장의 여름 인파보다 많은 사람들이 그 앞을 서성거렸다.

그러나 저 많은 사람들 중 이곳이 모래시계나 해돋이의 명소로 소문나기보다 먼저 검은 탄광촌이었다는 것을 아는 사람은 과연 몇이나 될까 싶었다. 주차장도 무수한 모래시계의 포장마차들이 그 안까지 점령해 들어와 있었다.

옛 저탄장 자리를 벗어나 역 쪽으로 나가며 내가 제일 먼저 바라본 것도 그곳 지붕에 걸려 있는 네 글자 '정동진역'이었다. 고집스럽고도 아픈 확인 하나가 다시 내 마음속에 이루어지고 있었다. 참으로 이상도 한 것이 그것을 보기 바로 전과 보고 난 다음의 사람 마음이었다. 아니, 다음까지 갈 것도 없이 그것이 내 눈에 잡히는 순간 예전에 내가 늘 무심결에 바라보았던 것 역시 그것과 똑같은 네 글자 '정동진역'이었다는 생각이 그간 내 오래된 기억의 고집을 바로잡듯 오래된 흑백 필름처럼 뇌리를 스쳐갔다. 그런 것을 이곳을 떠난 다음 이곳의 모든 것을 '정동'이라고 불렀듯 그것 역시 기억의 혼선이 온 것이다.

나는 한참 동안 멍한 기분으로 그 앞에 서서 역 앞 풍경을 바라보았다. 예전에 통학을 하며 드나들던 역은 아니지만, 그렇다고 이곳에 모래시계 바람이 분 다음 새로 지어진 역 같지는 않았다. 그런데도 그 바람이 불기 전과 그후에 달라진 정동의 가장 상징적인 모습을 그곳에 늘어선 건물이나 산중에까지 올린 기차보다 더 확실하게 그 역이 보여주고 있었다. 역사(驛舍)보다 더 큰 화장실을 가진 역. 화장실은 모래시계 바람이 분 다음 역 바로 옆에 붙여 새로 지은 것인 듯했다. 대체 얼마나 많은 사람들이 드나들기에 역사보다 더 큰 화장실을 그 옆에 붙여야 했을까. 바다와 가장 가까운 역으로뿐만 아니라 아마 이 세상에 역사보다 더 큰 화장실을 가진 역도 이곳 정동진뿐일 것이다.

그러고 보면 여행에도 확실히 그런 게 있는 모양이

다. 누가 어느 곳이 어떻다고 하면, 그래서 한번 소문 나기만 하면 앞뒤 가릴 것 없이 일단 가고부터 보자는 식으로 우, 하고 몰려가 그곳에 역보다 더 큰 화장실을 짓게 하는 집단 이동성 같은 것이. 예전의 온천 여행과 제주도 여행이 그랬고, 해외여행 자유화 이후 하와이며 괌이나 사이판으로 떠나는 결혼 공장의 신혼 여행과 이런 저런 패키지 상품 속에 우루루 몰려다니던 동남아 여행, 유럽 배낭여행이 그랬다. 그래서 결국 남는 것은 그 여행 중의 인상이나 추억이 아니라 어디어디에 갔다 온 사람과 갔다 오지 않은 사람의 구분만이 여행의 모든 의미와 뜻이 되고 마는.

더구나 이곳 정동은 우리 마음의 가장 비눗방울 같은 이미지로 비눗방울 속의 바다와 비눗방울 속의 철도, 비눗방울 속의 기차, 비눗방울 속의 간이역, 그 철길 앞에 몸을 눕히고 있는 비눗방울 속의 소나무가 있는 곳이 아니던가.

그런 그곳에 가면 내가 바로 그 드라마 안에서 소나

무에 몸을 숨기던 비눗방울 속의 그녀이고, 그 비눗방울 속의 여자가 내 곁의 그녀일 것 같은, 그래서 한번 흘러내리면 다시 돌아오지 않을 모래시계 시간 속에 험하고 아파 더욱 비눗방울 속의 것 같은 사랑까지 내 것이고 우리 것 같은 집단 최면 속에 밤기차를 타게 하고, 또 새벽 기차를 이곳 황량한 바닷가에 세우기 시작했던 곳이 아니던가.

역 안으로 들어서면, 그리고 그곳을 통해 철로를 밟고 바다로 나가면 또다른 놀라움이 기다리고 있겠지만 그쯤에서 나는 발길을 멈추었다. 지난 가을, 동해로 나를 찾아온 여자를 찾아야 했다.

정동진에서 온 여자

아마 금강산 관광이 막 시작되던 것과 때를 같이 해서였을 것이다. 유람선이 출항하는 동해에서 2박 3일간의 일정으로 통일문학 심포지엄이 열렸다. 아마 내게도 연락이 왔던 건 그간 내가 통일문학이든 분단문학을 해서가 아니라 내세울 것도 없는 몇 줄짜리 약력 앞에 늘 적는 '1965년 강릉에서 남' 때문이었을 것이다.

심포지엄은 서울에서 내려가던 첫날 저녁 동해시청에서 열렸다. 그리고 그보다 앞서 한 시간 가량 거기에 참가한 작가들의 사인회가 있었다. 아마 다섯 명쯤 그 앞에 책상을 내다놓고 앉았을 것이다.

주최 측에서 내 책도 스무 권쯤 준비해 놓았다. 서울 대형 서점에서 해도 멀뚱멀뚱 바라보기만 하고 지나갈 뿐인데, 그날 다른 행사 때문에 드나드는 사람이 많다 해도 작은 소도시의 시청 현관에서 과연 그것이 제대로 될까 싶은 게 여간 민망스럽지 않았다.

그런데 막상 행사를 시작하자 의외로 많은 사람들이 찾아왔다. 대부분 시내 학교의 여선생들과 단체로 온 지방 문학회 회원들이었다. 그날 그들의 행사도 시청 회의실에서 있었던 것이다.

거기다 나는 그곳에서 반가운 얼굴 하나를 만나 한꺼번에 일곱 권의 책을 해치우기까지 했다. 그곳 시청에 근무한다는 정동초등학교 동창이 예전에 자기가 알고 있던 박석하가 지금 이 자리에 온 박석하가 맞는지 일부러 확인하러 와 자기 부서 직원들에게 나눠줄 책의 사인을 받아간 것이다.

"생각보다 사람이 많네. 괜히 민망스러울 줄 알았는

데.”

“그럴까봐 미리 홍보를 했지. 누가누가 온다고 플래카드도 내걸고.”

“어쩐지 서울에 있으면서도 부끄럽다 했더니. 나이트클럽에 출연하는 가수들도 아니고….”

“자네도 결혼했지?”

“아니. 아직…. 자넨?”

“난 올해 애가 학교 들어갔어. 작은 건 유치원 들어가고.”

“빠르네.”

그 여자가 다가온 것도 바로 그때였다. 우리 얘기가 끝나길 옆에서 잠시 기다리는 것처럼 머뭇거리다가 여자는 내 책상 앞으로 다가와 다섯 권쯤 남은 책 한 권을 집어들었다. 나는 여자에게 이름을 물었다.

“심연희예요.”

나는 한 자 한 자 다시 여자의 이름을 물었다. 조금 전 친구에게 이름을 적어준 책 가운데도 ‘최영의(참

귀한 이름이다. 영이도 아니고 영의)'를 '최영희'라고 써 미안하게도 사인북에 적는 이름까지 고쳐 쓴 것이 있었다.

"심, 연, 희, 요."

내가 자기 이름과 그 아래 내 이름을 쓰는 동안 여자는 "책이 제일 조금 남은 걸 보니 인기가 제일 많은 모양이네요." 하고 말을 걸었다. 그래서 나도 농담 한마디 했다.

"조금 전에 봤죠? 책이 안 팔릴 것 같으니까 친구한테 한꺼번에 일곱 권씩 떠맡기는 거."

"여기에도 친구가 있으세요?"

"그럼요. 내용으로 승부가 안 되니까 곳곳에 내 책 팔아줄 친구하고 여자를 두는 거지요."

"농담이겠지만 제 친구가 들으면 섭섭하겠어요."

여자는 또 한 권의 책을 집어 들었다.

"여기 오지 못했지만 저보다 제 친구가 더 박석하 씨의 열렬한 팬이거든요. 오늘 이런 행사를 한다는 것도 그 친구가 알려주고요."

"그러면 그 훌륭한 친구 이름이 어떻게 되는지 말해 봐요. 아까처럼 한 자 한 자씩요."

"김, 미, 연, 요."

"연요, 현요?"

"연요. 하늘에 날리는."

어디서나 쉽게 만날 수 있는 이름이기도 하지만 그 것을 틀리지 않게 쓰는 데만 신경 쓰느라 김미연, 하고 이름을 적으면서도 나는 그게 그 아이의 이름과 같다는 생각을 하지 못했다. 더구나 그곳은 동해였지 정동이 아니었다.

"뭐 하나 물어봐도 돼요?"

책을 받으며 다시 여자가 말했다.

"이미 묻고 있잖습니까? 뭐 하나 물어봐도 되냐고."

"그런 거 말고요. 정말 결혼 안 하셨나요?"

"오늘 그거 묻는 사람 많군요. 아직 못했으니까 곳 곳에 책을 팔아줄 여자를 두고 있다는 거지요."

"자꾸 여자 여자 하지 말고 정말요."

"못했다니까요. 안 한 게 아니라. 왜 소개시켜 줄 여자라도 있습니까? 여기 동해에."

처음 보는 여자와 그런 농담을 주고받을 수 있었던 것도 다음 차례의 손님이 얼른 오지 않아서이기도 하지만, 먼저 책을 가져간 친구 덕분에 이제 더 책을 찾는 손님이 없더라도 민망스럽지는 않겠다는 여유 때문이었다.

"우린 동해가 아니라 정동진에서 왔어요."

여자는 오지 않은 친구까지 포함해 우리라고 말했고, 정동진이라고 말했다. 그 정도면 반짝하고 내 의식의 어느 한 부분에 불이 켜질 만한데, 이미 먼저 적은 여자 이름 같은 것은 까마득히 잊고 말았다. 오히려 나는 여자가 말한 '정동진'을 지적했다.

"원래 거기 사람이 아닌 모양이군요."

"그건 어떻게 아시는데요?"

"말하는 것 보면 알죠. 원래 거기 사람이면 그렇게

말하지 않거든요. 그냥 정동이라고 하지."

"저는 그렇기는 한데…. 그렇지만 제 친구도 보면 거기 사람들도 이젠 다 정동이라고 하지 않고 정동진이라고 말해요. 찾아온 사람들이 다 그렇게 말하니까."

"하긴, 어디서나 돈 쓰러 온 사람들 말 따라가는 법이니까."

언젠가 강릉 출신 선배에게 그런 말을 들은 적이 있었다. 옛부터 바닷가에 반지락이라고 부르던 조개가 있는데 그것을 사먹는 서울 사람들이 바지락이라고 부르자 바닷가 사람들도 금방 ㄴ자를 떼어버리고 바지락이라고 부른다고 했다. 그렇지만 수천 년도 넘게 그것이 있어온 생산지의 말이 어떻게 틀린 말일 수 있으며 뒤늦게 그것을 사 먹기 시작한 소비지의 말이 바른 말일 수 있겠느냐고 했다. 사전에 나오는 사투리와 바른말의 구분도 알고 보면 폭력적 요소가 있다는 것이다. 그때도 나는 소수든 다수든 돈과 권력이 말하면 그게 곧 대세고, 법이라고 말했다.

그 대세와 법이 정동과 정동진 사이에서도 그대로 통하고 있었다. 아마 기차역 역시 그곳에서 이름을 정한 것이 아니라 서울에서 붙여 내려온 것이기에 더욱 '진'자가 들어가고 말았을 것이다.

"언제 올라가세요?"

"내일모레요."

"그럼 정동진에 한번 들렀다 가세요. 잘 아시죠? 거기….."

"예. 조금."

그때에도 나는 그 아이에 대해서는 깜깜하게 잊고 있었다. 당장 내 앞에 서 있는 여자에 대해서만 차림새나 붙임성으로 보아 이 여자도 뒤늦게 그곳에 들어가 무슨 장사를 하고 있는가 보다, 하는 생각만 했다. 얼굴을 보니 나이도 우리와 비슷해 보였다.

또 한 명의 여자가 머뭇거리며 내 책상 앞으로 다가오자 여자는 무언가 할 말이 더 있는데 다하지 못했다는 얼굴로 뒤로 물러섰다. 아까처럼 또박또박 새로 온 여자의 이름을 묻고, 거기에 여자의 이름과 내 이름을 적었다. 그 사이 뒤에서 잠시 기다릴까 말까 망설이던 정동진 여자는 나와 잠깐 눈이 마주치자 고개를 숙여 보이곤 천천히 현관을 빠져 나갔다.

내가 먼저 적었던 이름을 다시 떠올리고, 어쩌면 그게 그 아이일지도 모르겠다는 생각을 떠올린 것도 그 날 공식 행사를 다 마치고 나서 다시 초등학교 친구를 만났을 때였다.

마치 지나가는 말인 것처럼 표나지 않게 "참, 걔는 지금 무얼 하나? 미연이라고 왜 광업소 부소장집 딸 말이야." 하다가 아차, 싶게 그 모든 것이 한꺼번에 떠오른 것이다.

여자가 불러준 이름도 그랬지만, 농담처럼 한 여자 얘기에 친구가 들으면 섭섭하겠다고 한 말도 그랬고, '저는 그렇기는 한데…. 제 친구도 보면 거기 사람들' 하고 말했던 모든 것이 그랬다. 거기에다 내가 내 글 어디에도 연고를 밝힌 적이 없는 정동에 대해 '잘 아시죠? 거기….' 하고 물었던 것도 그냥 나온 말이 아닐 것이다. 여자는 뭔가 내게 암시를 주려고 했던 게 분명한데 내가 그것을 알아듣지 못한 것이다. 굳이 눈을 맞추어 인사를 하고 떠날 때 여자의 표정 역시 그랬다.

"거기서 고등학교까지 다닌 건 알겠는데, 그 다음엔 잘 모르겠다. 지금 정동이 예전 같지 않으니 동창끼리 서로 연락되는 것도 아니고."

"여자 중엔 걔 혼자만 기억이 난다. 같이 학교를 다녀도 꼭 도시 아이 같은 게…."

"그렇지만 그런 애들은 어디 가서도 다 잘 먹고 잘 살 거다. 애초 가진 게 있으니까. 문제는 한 푼도 없이 탄광촌 문 닫고 나온 사람들이지 뭐. 거기 탄 떨어지자 돈 떨어지고 만 식으로."

그날 숙소에서 나는 내내 그 아이를 생각했다. 우리는 동해가 아니라 정동진에서 왔다는 말도 아직 그 아이가 정동에 살고 있다는 얘기일 수도 있고, 내가 미처 알아듣지 못하자 그것이 그 아이에 대한 얘기라는 것을 암시하기 위해 한 말일 수도 있었다. 여자가 거듭 확인하듯 내 결혼에 대해 물은 것도 그 아이도 아직 결혼하지 않았기 때문일 거란 생각이 들었다.

무엇보다 마음에 걸리는 건 왜 그 아이가 직접 오지 않고 친구를 보냈을까 하는 것이었다. 다른 바쁜 일 때문에 오지 못한 것이 아니라 처음부터 그렇게 하기로 작정하고 친구를 보낸 것 같았다. 그 아이에 대한 얘기를 하기 전 자기 이름으로 먼저 책 한 권을 사긴 했지만 만약 그런 부탁을 받지 않았다면 여자도 그런 자리에 나오지 않았을 것처럼 보였다.

그 아이의 성격상 뒤늦게 내 앞에 나서는 것이 부끄러워서일 수도 있겠지만 단지 그런 이유라면 자기 대신 다른 사람을 보내기도 쉽지 않은 일이고, 설사 그렇게 왔다 하더라도 여자 또한 나에게 누구를 아느냐는 식으로 보다 직접적으로 그 아이에 대한 얘기를 할 수도 있는 일이었다.

그렇다면 남는 건 그 아이가 현재 어떤 어려움 한가운데거나 불행한 처지에 놓여있어서 자신을 감추고 다른 사람 편으로나마 내 이름을 적은 책을 받고 싶어 사람을 보냈다는 얘기뿐이다. 그 밤, 오랜 세월 끝을 날아온 화살 하나가 내 머릿속에 아프게 들어와 박혀버리고 말았다.

그러다 얼마 전, 정동진을 소개한 어느 잡지에서 그야말로 우연히 여자의 사진을 보게 되었다. 바깥 바다를 배경으로 어떤 카페의 내부를 찍은 사진인데, 손님들이 앉은 창가 쪽 탁자에 그녀가 찻잔을 내려놓는 모습이 잡힌 것이다.

처음엔 손님들만 앉아 있는 걸 찍었겠지만 왠지 그것이 오히려 연출한 사진처럼 보일까 싶어 일부러 그녀를 등장시켜 찍은 사진 같았다. 여성지 크기만 한 잡지 한 면의 절반을 차지하는 사진이었다.

아래 사진 설명에도 '여기에는 바다를 옆에 두고 연

인끼리 커피를 마시며 마주 눈빛을 바라보기 좋은 카페가 있다'라고 적혀 있었다.

아마 그때부터 나는 정동과 이제 외지 사람들의 이발소 그림처럼 변해버린 듯한 정동진에 관한 자료들을 새로 찾기 시작했을 것이다.

그러다 며칠을 두고 생각하던 끝에 어제, 꼭 이렇게 가지 않으면 안 되는 것일까, 하는 주저 속에 서울을 떠나온 것이었다. 왠지 그 아이가 불행해져 있을 것 같다는 느낌, 어쩌면 그것이 나를 불렀던 것인지도 모르겠다.

오랑캐, 오랑캐

　정동으로 떠나면서, 또 정동에 와서도 나는 다른 건 몰라도 여자를 찾는 일은 그렇게 어렵지 않을 것이라고 생각했다. 그런데 시작부터 벽에 부딪치고 말았다. 처음엔 역 앞 아무 카페에나 들어가 물으면 바로 여자를 찾을 것이라고 생각했다. 아니, 그렇게 생각하지도 않았다. 일부러 물을 것도 없이 몇 군데 카페만 드나들면 저절로 여자를 보게 되리라 생각했다.

　처음 들어간 카페와 두 번째로 들어가 본 카페는 실내 구조부터 사진의 것과 달랐다. 세 번째로 들어간 카페에서 나는 그곳 카운터에 앉아 있는 여자에게 조심스럽게 사진을 내보이며 여기 어디에 있는 카페인지 물어보았다.

"그건 왜요?"

여자는 뭔가 마땅찮은 얼굴로 나를 쳐다보았다. 남의 영업집에 들어와 다른 카페를 찾으니 그럴 만도 한 일이었다. 같은 곳에서 장사를 하는 입장에서 밖에 대놓고 선전을 하듯 잡지에 사진까지 실린 카페를 찾는 일이라 더욱 그랬는지도 모른다.

"사실은 카페가 아니라 이 여자를 찾는 중입니다."

"그 여자는 왜요?"

여자는 여전히 못마땅한 얼굴로 나를 바라보았다.

"제가 찾아야 할 사람이 있어서요."

"몰라요, 우린. 그런 카페도 모르고 그런 여자도 모르고. 내 장사 하기도 바쁜 세상에 남의 일까지…."

성질도 참 고약스러운 여자였다. 어쩌면 여자보다 관광지 인심이라는 게 바로 그런 것일지도 몰랐다. 같은 바다여도 이미 이곳은 옛 성동이 아니었다.

여자의 말이나 태도가 내겐 알지만 (혹은 알아도) 가르쳐줄 수 없다는 말처럼 들려 사진을 보고 다시 한 번 잘 생각해봐 달라고 말했다.

"카페 이름이 어떻게 되는데 그래요?"

그 말 한마디 역시 그랬다. 여자는 카페 이름이 뭐냐든가 어떻게 되느냐고 묻는 것도 아니고, 어떻게 되는데 여기 와서 그러느냐는 식으로 짜증을 내 물었다. 차라도 한 잔 주문하고 물었다면 또 모를 일이었다. 그러나 시간도 그렇거니와 몇 갠지도 모를 카페를 다 돌아다니며 일일이 그렇게 할 수도 없는 일이었다.

"그걸 모르니까 이러고 다니지요. 아는 건 얼굴하고 사진뿐이라서."

"그러면 생각해보고 말고 할 것도 없어요. 여기에 그런 카페가 한두 개 있는 것도 아니고. 어떤 여잔데 그래요? 그런 데까지 나서는 폼을 보니 곱게 장사만 할 사람 같지도 않은데."

여자는 오히려 엉뚱한 쪽으로 호기심을 발동했다.

사진에 나온 여자 얘기는 다섯 번째로 찾아 들어간 카페에서 좀 더 확실하게 들을 수 있었다. 그것도 어디에 있다는 얘기를 들은 것이 아니라, 여자를 찾는 데는 더 오리무중이기 싶게 이곳 역 부근엔 그런 카페가 없다는 얘기를 오히려 그 사진을 증거로 들은 것이었다.

"이건 여기 정동진 카페가 아닌 것 같은데요."

주인에게 불려온 종업원이 골똘히 사진과 창밖의 바다를 바라보고 나더니 그렇게 말하는 것이었다.

"아니긴. 여기서 찍은 거니까 여기라고 하겠지. 책에 나온 사진인데. 다시 한 번 잘 봐. 여기 어디 이렇게 꾸며 놓은 집이 있는지."

내 대신 주인 여자가 말했다.

"에이. 아니에요. 여기 사진이."

"뭘 보고 그러는데? 너 여기 카페 다 돌아다녀본 것도 아니면서."

"우리 카페가 3층이잖아요. 여기 3층 카페는 우리

하고 저쪽 '모래시계'밖에 없는데 바다를 보면 아는 거지요."

"바다가 왜?"

"우리도 그렇고 모래시계도 그렇고, 3층인데도 여기 탁자 위가 나오게 창밖을 찍으면 바다가 이렇게 깨끗하게 나오지 않아요. 우리는 바다하고 사이에 주차장이 걸리고, 모래시계도 저쪽 포장마차들이 걸리거든요. 그러니 1, 2층 카페들은 더하지요. 그런데 이 사진은 그런 거 없이 깨끗하게 나왔잖아요. 바다가 내려다보이는 위치로 봐서 계단이 있는 집 1층이나 2층에서 찍은 것 같은데."

"정말 그렇네. 책에 나온 게 어떻게…."

듣고 보니 그랬다. 해변이면 이곳 어디에나 모래가 있겠지만, 카페 종업원의 말대로 예전이라면 몰라도 길 양편으로 이미 난전이 들어선 이곳에선 도저히 그런 그림이 나오지 않을 듯싶었다. 나도 그랬고, 먼저 찾아간 카페 사람들도 사진에 나온 카페 내부의 모습에만 신경을 썼던 것이다.

여자는 책에 나온 게 어떻게 이럴 수 있느냐고 했지만, 그건 책을 만드는 걸 옆에서 가끔 지켜본 입장에서 왜 그랬는지는 오히려 이해할 수 있을 것 같았다. 책을 만들 때 사진 기자나 편집자가 제일 먼저 신경을 썼던 게 사진 속에 나오는 바다 그림이었을 것이다. 그 아래에 붙일 설명까지 미리 염두에 두고 찍은 것이라면 더욱 그랬다.

문제는 그것이 정동에서 얼마나 먼 곳에 있는 카페를 찍은 것이냐 하는 건데, 아주 엉뚱한 곳에서 찍은 사진을 단지 그것의 효과만을 위해 정동진 기사에 함부로 넣지는 않았을 것 같았다. 지난번 동해에서 봤을 때에도 여자는 "우리는 정동진에서 왔어요." 했다.

"그럼 이 부근에 바다가 이렇게 나올 수 있는 데 카페들은 어디 있습니까?"

"그건 잘 모르겠는데요. 사람이 많이 가진 않지만 저기 위쪽 등명에도 그런 카페가 있는지 없는지 잘 모르겠고, 저쪽 해수욕장 쪽도 그렇고요."

나는 우선 낙가사가 있는 등명 쪽으로 가 보았다. 예전 이곳에서 살 때 몇 번 가본 그곳은 옛날 궁중 진상품이었다는 돌김과 미역을 따며 고기잡이 배 몇 척을 부리던 작은 어촌이었다.

그래서 중학교 때 어떤 선생님들은 말을 잘 듣지 않거나 좀 덜 떨어진 정동 아이를 보면 "느 동네 미역이 아깝다."거나 "저걸 낳고도 정동 장곽(長藿)을 먹었겠지." 하는 말들을 했다.

그러나 등명엔 가게 한쪽에 탁자 몇 개를 놓은 작은 찻집은 있어도 사진 속의 카페처럼 실내를 꾸며놓은 데는 없었다.

사진을 보여주자 그곳 주인아주머니는 오히려 "이런 집들은 저쪽 역 앞에 많지요." 했다. 혼자 가게를 보면서 차를 끓여 파는, 쉰이 거의 다 되어 보이는 아주머니였다.

"여기는 손님이 많지 않아요. 어쩌다 한두 명씩 오

니 가게 옆에 이런 것도 하고 그러지요."

"그럼 이런 여자를 본 적도 없습니까? 정동에서든 어디서든."

"모르겠는데요. 저쪽에 가서 물어보세요. 거기가 여기 정동 서울이니까."

나는 조금 기운이 빠진 기분으로 그곳에서 커피를 주문해 마셨다.

"여기 강릉 사람이 아닌 모양이지요?"

커피를 마시는 동안 아주머니가 물었다.

"예. 지금은 아니지만 한때 정동 사람이긴 했지요. 여기서 초등학교도 다니고, 중학교도 3학년 봄까지 다니고요."

"그럼 우리 아 아버지하고 같은 학교를 다니셨겠네. 저기 정동초등학교요. 나는 같은 강릉이라도 다른 데서 시집을 왔으니 모르지만…. 여기는 자주 오시나요?"

"아뇨. 열여섯 살 때 서울로 간 다음 처음입니다.

거의 20년 만에.”

“많이 변했지요?”

“예. 예전에 살던 데 같지 않게요.”

“변해도 한 3, 4년 안에 다 변한 거지요. 여기에 뭐가 볼 게 있다고 그렇게 몰려드는지. 그래서 이렇게 집 한 귀퉁이에 이런 것도 하지만서도.”

“그래도 등명은 예전 모습이군요. 어릴 때 가끔 친구들 따라 놀러오고 했는데.”

“모래시곈지 뭔지 처음 서울에 그게 나올 때 여기는 안 나왔거든요. 서울 사람들이 하도 모래시계, 모래시계 해서 우린 나중에 여기 중계소가 생긴 다음에 봤어요. 역엔 나가 보셨어요?”

그러나 역이라고 했지만, 역보다 역 앞 바다를 두고 말하는 것 같았다. 정동은 그런 곳이었다. 바다를 역이라고 말해도 되고, 역을 바다라고 말해도 되는 곳. 나는 아직 나가보지 않았다고 말했다.

“우리 아버님 연세가 일흔다섯이신데, 평생에 오랑

캐 때문에 두 번 놀랐다고 하셔요."

"잠수함 말인가요?"

이번에도 나는 아주머니의 말을 먼저 짐작해 물었다. 첫 번째의 오랑캐의 얘기는 6.25 때 서울보다 먼저 이곳에 상륙 침투했다는 오진우 부대의 얘기일 것이고, 두 번째 오랑캐 얘기는 3년 전 가을 다시 이곳으로 침투한 잠수함 얘기일 거라고 생각했다.

"아뇨. 그거야 놀라긴 해도 6.25 때만큼 놀랄 얘긴 아닌 거지요. 외려 그거 신고한 택시 기사 양반 얘기가 놀라운 거지. 한밤중에 차를 운전하며 가던 사람이 어떻게 그걸 볼 수 있었는지. 사람이 팔자가 필 운이면 한밤중에 차를 몰고 가다가도 그렇게 돈이 눈에 띄는 모양이더라구요."

"그럼 잠수함 말고도 그런 침투가 또 있었습니까?"

"그냥 우리 아버님 우스갯소리셔요. 한 번은 난리 때 바다로 배를 타고 들어온 북쪽 오랑캐를 보고 놀라시고, 또 한 번은 요새 기차를 타고 밀어닥치는 서울 오랑캐를 보고 놀라셨다구요. 그 덕에 이렇게라도 먹고 사는 건지 모르지만 정말 어떤 때 보면 여기 정동을 절단내러 내려오는 오랑캐들처럼 보이기도 하거든요. 낮이고 밤이고 우글거리면서. 커피 좀 더 드릴까요?"

"아뇨. 됐습니다."

나는 가볍게 손을 들어 사양하고 나서 자리에서 일어섰다. 정동에 와서 들은 얘기 중 가장 재미있는 얘기였다. 그러나 그 얘기가 일흔다섯 된 노인이 남을 웃기자고 억지로 지어낸 우스갯소리만도 아닐 거라는 생각이 들었다.

어쩌면 타관 사람이 되어 20년 만에 이곳을 찾아 내려온 나 역시 그런 오랑캐 중의 한 사람일지 몰랐다. 그러나 그보다 더한 오랑캐들은 산중에 기차를 올리고, 광업소 마당 자리에 러브호텔을 지어가며 이곳 정동을 더욱 그 오랑캐들의 이발소 그림이게 하는 자들일 것이다.

오랑캐가 아니라 더한 것들이 몰려오더라도 왜 저 산과 바다를 그냥 두고 보지 못하는 것인지 모를 일이었다.

헌화로 가는 길

　여자를 찾은 건 다음날 늦은 오후의 일이었다. 전날, 등명을 둘러보고 해수욕장이 있는 2리 마을을 둘러보았지만 그런 카페가 있는 곳은 없었다. 그래서 다음날 오전 정동에서 좀 멀기는 하지만 발전소가 있는 안인에 혹시 그런 카페가 있는 건 아닌가 싶어 해안을 따라 일부러 거기까지 가보았다. 그러나 사진 속의 카페는 없고 옛날의 아픔만 확인하듯 발전소의 높은 굴뚝만 눈이 아프도록 바라보다 돌아왔다. 오래전 한 사내의 꿈이 거기에 있었다는 걸 아는지 모르는지 발전소는 푸른 바다와 푸른 겨울 하늘을 배경으로 굴뚝마다 힘차게 연기를 솟구쳐 올렸다.

카페는 정동이거나 정동 부근 어딘가에 분명 있을 텐데, 당장은 찾을 방법이 없었다. 그냥 이대로 서울로 돌아가게 되는 것이 아닐까 하는 불안 속에 다시 정동으로 나와 점심을 먹던 음식점에서 문득 다른 방법이 떠올랐다. 잡지사 생각이 난 것이었다. 책은 가져오지 않고 사진이 있는 페이지만 찢어온 것이라 서울 지역번호를 누르고 114를 눌러 잡지사의 전화번호를 알아낸 다음 외근 중인 사진 기자의 휴대전화 번호를 알아냈다.

전화를 걸자 사진 기자도 처음엔 정동진에 있는 카페라고 말했다. 서울에서 어느 독자가 거는 전환 줄 알고 정동진에 가면 바닷가 바로 옆에 그런 카페가 있다고.

"그 기사를 보고 여기 정동진에 와서 거는 전화입니다. 집집마다 찾아다녀도 여기엔 그런 카페가 없다고 해서요."

"…."

"뭘 항의하려는 게 아니라 사진 속에 나온 사람을 찾으려고 합니다."

그제서야 기자는 정동진 아래 심곡에서 찍은 것이라며 자기는 거기도 같은 정동진인 줄 알았다는 식으로 변명을 늘어놓았다. 하긴 여자도 내게 정동진에서 왔다고 말했다. 그러나 여자가 말한 정동진은 자기가 살고 있는 곳에 대해서보다는 내 기억 속의 그녀에 대해 얘기한 것이었다.

"거기 산 위에 기차 카페가 있지요?"

"예."

"그 기차 카페로 올라가는 길로 죽 따라 올라가면 심곡으로 나가는 산길이 있습니다. 거기서 얼마 멀지도 않습니다. 같은 정동진이니까."

기자는 끝까지 그런 식으로 자기 사진에 대해 변명했다. 모래시계 바람으로 넓힌 길은 아니겠지만 예전엔 손수레 하나 겨우 다니던 산길이었다. 산 위로 올라가자 기차 카페가 있는 곳에 야외 조각 공원이 있었다. 공원에 기차 카페를 차린 것이 아니라 기차 카페를 차리기 위해 멀쩡한 산을 밀어 공원을 꾸민 것이 분명할 (돈 안 될 일에 돈 들일 오랑캐들도 아니고, 아마 모르긴 해도 공원 역시 입장료를 따로 받아 챙길 것이다) 그곳 입구에 지금 진행 중인 어떤 드라마의 주인공들이 이곳 공원에서 드라마 촬영과 함께 사인회를 연다는 현수막이 바람에 나부꼈다. 이미 한 달도 더 지난 날짜의 것을 마치 그 공원에 대한 광고를 하듯 (그러니까 그런 행사보다는 이 촌놈들아, 여기는 바로 이런 곳이란 말이다, 하는 걸) 여태도 내걸고 있는 것이었다.

그 산길을 타고 내려간 심곡에선 바로 바다 옆의 카페를 찾을 수 있었다. 카페 이름도 바다 옆 카페와는 어울리지 않게 '꽃을 꺾어 바치고'였다.

"어서오⋯."

카페 안으로 들어서자 출입구 옆 주방 쪽에 서서 무

심코 인사를 하던 여자의 눈이 화등잔처럼 동그래졌다.

"안녕하세요? 오랜만에 뵙습니다."

"여긴 어떻게….."

나는 여자가 머뭇거릴 틈을 주지 않고 바로 창가 쪽으로 난 자리에 가 앉았다. 예닐곱 개의 테이블 중 두 곳에만 손님이 앉아 있었다.

"여기 커피 맛이 좋을 것 같아서요. 차 한잔 주시겠습니까?"

사진에서처럼 다른 장애물 하나 없이 깨끗하게 창 옆으로 바다가 다가왔다. 주방 쪽으로 돌아간 여자는 잠시 후 반가워하면서도 난감한 얼굴로 찻쟁반을 들고 와 맞은편 자리에 앉았다.

"여긴 어떻게 아셨는데요?"

"얼마 전 잡지에서 봤습니다. 저한테 해주실 말씀이 많을 것 같아서요."

"언제 아셨는데요?"

"그때 동해에서 돌아가신 다음 바로 아차, 했습니다. 그 다음엔 찾을 길이 없어 시간을 보냈고요."

"저는 해드릴 얘기가 별로 없어요."

여자도 바로 본론을 얘기했다.

"그렇지만 저는 들어야 할 얘기가 있을 것 같은데요. 연희 씨한테."

"제 이름도 기억하세요?"

"그럼요. 그때부터 제 머릿속을 휘저은 이름인데."

"정동진엔 언제 오셨는데요?"

"그저께 저녁에요. 어제 오늘은 연희 씨를 찾아다녔고요. 함께 있습니까?"

"미연이요?"

"예."

"미연이는 여기 살지 않아요. 동해에 있어요."

다시 내 마음속에 보다 아프도록 분명해지는 것 한 가지가 있었다. 동해라면 바로 지난 가을 사인회를 했던 곳이었다. 그런데도 그녀는 오히려 먼 곳에 있는 친구를 불러 내 책을 받아오게 했다. 부끄러워서 그랬든 다른 일 때문에 그랬든 그때 가졌던 생각보다 더 분명하게 그녀가 어떤 어려움 한가운데거나 불행한 처지에 놓여 있다는 얘기였다. 잠시 전 여자가 해줄 얘기가 없다고 한 말 역시 그랬다.

"하지만 잘 살아요, 미연이. 애도 하나 데리고…."

내 얼굴이 어둡게 보였던지 다시 여자가 말했다.

"보고 싶군요."

"아마 없을 거예요. 연락해도 지금은."

나는 여자에게 지난번 동해에 찾아왔을 때 받았던 느낌에 대해서도 말하고, 지금 그녀의 처지에 대해 내가 생각하고 있는 바에 대해서도 솔직하게 말했다. 그래서 더 이 길을 떠나올 수밖에 없었다고. 그런 내 말에 그녀는 긍정도 부정도 하지 않았다.

"저는 미연이 고등학교 친구예요. 원래 집은 강릉이고요."

뒤늦게 여자는 자기 소개를 했다.

그대 정동진에 가면

"그때까지 정동에서 살았다는 얘기를 들었습니다. 정동에서 고등학교를 다녔다고."

"중학교 때 여길 떠났다고 하셨나요?"

"예. 3학년 초에 아버지가 돌아가시고 나서요."

"아마 미연이도 그랬을 거예요. 대학 1학년 때 아버지가 돌아가시고 나서 강릉으로 이사를 왔으니까."

"그때면 연세도 많지 않으셨을 텐데."

어릴 때 본 기억으로 많아야 아버지보다 세 살이나 네 살쯤 위였다. 나는 성급하게 내가 짐작하는 그녀의 불행을 우선 그것과 연관지어 생각했다. 대학 1학년이면 다 자랐다고 해도 아직은 몇 해 누군가의 보호나 지원 아래 학교를 다녀야 할 나이였다.

"그건 잘 모르겠어요. 고등학교 동창이지만 우리가 친해진 것도 그때부터였고요. 대학도 같은 델 다녔으니까."

"참 좋은 분이셨는데. 여기 사는 동안 도움도 많이 받고요. 겨울이면 저 불쌍하다고 탄도 내려보내 주시고."

"박석하 씨 얘긴 많이 들었어요. 책이나 신문에서 박석하 씨를 본 다음 미연이가 정동진에 함께 살며 학교 다니던 때 얘기도 많이 했고요. 그래서 지난번 동해에 오셨을 때에도 일부러 저보고 갔다 오라고 한 건데. 그때 다른 말하지 않고 책만 받아왔다면 모르셨겠지요?"

"그렇지만 언젠가는 이런 생각을 했겠지요. 꼭 연희 씨가 아니더라도."

"그때 갔다와서 미연이한테 얼마나 야단을 들었는지 몰라요. 쓸데없는 얘기하고 왔다고."

"저한테 힌트를 주셨던 겁니까?"

"아뇨. 사실 정동진이나 동해나 거기가 거긴데 미연이 이름을 쓰면서도 너무 모르시는 것 같아 다행스럽다 싶으면서도 한편으로는 섭섭한 생각이 들었어요. 사랑하는 감정까지는 아니더라도 이런 사람을 미연이 혼자 생각하고 있구나, 하고요. 그래서 정동진 얘기를 했던 건데."

그 말끝에 여자는 잠시만요, 하고 자리에서 일어나 카페를 나가는 손님들을 배웅하고 (찻값도 받고 인사도 하고) 돌아왔다. '정동진 손님' 같지는 않고 평소에도 서로 인사를 하고 지내는 사람들 같았다.

"손님이 많습니까?"

"아뇨. 여기는 그렇지 않아요. 아는 분들만 찾아오니까요."

"그러면 다시 얘기할게요. 그때 연희 씨가 저한테 물었던 걸 이제 제가 묻습니다. 결혼은 했습니까?"

그때 받았던 느낌과는 다르게 잠시 전에 '애도 하나 데리고….' 하던 말 때문이었다. 커피를 마시면서도 그것이 자꾸 목에 걸리는 기분이었다.

"미연이 말인가요?"

"예."

"아직이오."

"그럼 아까 한 얘기는…."

"그냥 미연이가 키우는 애가 있어요. 다섯 살 된. 애길 하자면 길고요."

나는 결혼하지 않고 낳은 아이인가 하는 생각을 했다. 일테면 이미 다른 여자와 결혼한 남자에게서 얻은 아이라든가, 아니면 아이를 낳게 한 다음 남자가 다른 여자와 결혼해버렸거나. 그러지 않고는 여자가 말하는 범위 안에서 내가 생각하는 그녀의 불행한 삶과 아이가 한 묶음으로 연결되어 들어오지 않았다.

"서울엔 언제 가실 건데요?"

"글쎄요. 봐야 할 사람 얼굴 보고 나서 생각해봐야겠지요. 한 달이든 두 달이든."

여자가 묻는 뜻을 알기에 나는 더욱 그렇게 대답했다.

"그래도 볼 수 없을지 몰라요."

"…."

"우선 미연이가 여기에 없고, 저도 미연이가 있는 곳을 말해줄 수 없으니까요."

"꼭 그래야 할 이유가 있습니까?"

그 말에 여자는 망설이지 않고 예, 라고 대답했다. 그래서 나도 그 이유가 현재 그녀의 삶이 내가 짐작하고 있는 바대로여서 그런 것이냐고 직접적으로 물었다. 여자는 다시 아까 그 말을 했을 때처럼 긍정도 부정도 하지 않았다.

"박석하 씨가 그렇게 생각한다 해도 미연이가 그렇게 생각하지 않으면 그건 또 아닌 거구요."

"그럼 연희 씨가 볼 때는 어느 쪽입니까?"

그때 여자를 돕듯 출입문을 밀고 손님이 들어왔다. 여자는 그쪽을 향해 인사를 하고 나서 "한때는 그랬는지 모르지만 지금은 아니에요." 하고 내 앞에 놓인 빈 잔을 챙겨 주방 쪽으로 갔다. 그리고 그쪽 자리로 가 주문을 받고 차까지 날라준 다음 다시 이쪽으로 와 말했다.

"여기서는 얘기하기가 힘들겠어요. 다른 손님들이 있는데 앉을 수도 없고."

나는 어떻게 하면 되냐는 눈으로 여자의 얼굴을 쳐
다보았다.

"자동차를 가지고 오셨지요?"

"예."

"그럼 밖에 나가서 잠시만 기다리세요. 가게 맡기고
나올게요."

먼저 카페를 나와 자동차에 가 있는 동안에도 참 여
러 생각이었다. 그렇지만 카페 안에서처럼 조급하게
서두르지는 말자고 생각했다. 이제 사람을 만났으니
시간은 충분하다고. 한참 후 코트 차림으로 여자는 핸
드백을 챙겨들고 나왔다.

"이 앞길이 옥계로 나가는 길이에요."

자동차에 오른 다음 여자가 말했다.

"전에는 없던 길이죠?"

중학교 때 처음 와봤을 때 깎아지른 듯한 수십 미터
의 절벽 아래로 바다가 바로 몸을 부딪쳐와 자동차는
고사하고 작은 수렛길 하나 낼 틈이 없어 보이던 곳이

었다. 그래서 정동보다 아래에 있는 심곡에서 옥계로
나가자면 겨우 사람 하나 지나다닐 돌 틈 사이로 절벽
을 안고 돌거나 오히려 산 넘어 위쪽에 있는 정동을
거쳐 나가야 했다. 그건 기차도 마찬가지였다. 동해에
서부터 바로 옆에 바다를 두고 해안을 따라 올라오던
기찻길 역시 옥계에서부터는 바다를 버리고 내륙 쪽
으로 몸을 휘감고 들어와 어릴 때 우리가 자란 광업소
마당 옆의 굴다리를 지나 다시 바다가 있는 정동역 쪽
으로 나갔다. 그래서 지난밤 산 아래 광업소 마당 자
리에 들어선 '듀 이스트 파크'에서 잠을 자면서도 예전
에 들었던 그 기차 소리를 다시 들을 수 있었던 것이
다.

　"이태 전에 새로 만든 길인데 나가보시면 아마 놀랄
거예요. 우리나라에 이런 길이 있나 싶을 만큼. 아직
아는 사람도 많지 않고요."

　여자의 말이 아니더라도 초입부터 그랬다. 수십 미
터의 절벽을 다시 깎아 길을 낸 것이 아니라 절벽은

그대로 두고 (하기야 건들 수도 없었을 것이다) 그 절벽을 따라 바다에 잠길 듯 길게 떠 있는 바위 위에 돌을 깔아 바다와 거의 같은 높이로 길을 낸 것이었다. 왼쪽으로는 검푸른 바다로부터 흰 파도가 자동차에 바로 부딪칠 듯 밀려들고, 오른쪽은 또 검붉은 색으로 층층을 이룬 기암절벽이었다.

"우리 카페에 자주 오시는 손님 중에 강릉대학 교수님 한 분이 계세요. 그 분은 외지에서 손님이 오면 정동진 대신 꼭 이 길로 모시고 오셨다가 우리 집에 들러요. 여기처럼 바다가 제 빛깔로 잘 보이는 데도 없다면서. 지난번 잡지사 기자들한테도 그 얘기를 했더니 사진을 찍자고 그랬던 거구요."

'속도준수' 아래 시속 30km로 달리라는 표지판이 있었지만, 바다와 절벽이 함께 빚어내는 절경 때문에라도 그 이상으로는 속도를 낼 수 없는 길이었다. 길 중간 중간에 동화에서나 나올 법한 모양의 낮은 가로등과 또 군데군데 '파도주의' 표지판이 같은 모습으로

서 있었다.

"대단하군요. 배를 타고 지나가지 않으면 볼 수 없는 풍광인데."

"꼭 태풍이 불 때가 아니더라도 파도가 높은 날엔 통제를 해요. 해안선을 지키는 군인들이 나와서요."

많은 곳을 가 보지는 않았지만 정말 이제까지 내가 다닌 길 중엔 가장 아름답고도 환상적인 길이었다. 그 길 위로 어떤 곳은 파도가 쳐올려 뿌린 물기로 길바닥이 촉촉하게 젖어 있는 곳도 있었다.

"이 길 이름이 뭔지 아세요?"

"모르겠는데요."

"잘 생각하면 알 수도 있는 길이에요. 한번 생각해 보세요. 이런 길에 얽힌 전설이나 옛 얘기도 생각해 보고요."

"바닷길?"

"아뇨. 그렇게 금방 성의 없이 짓지 말고요."

"바닷길이 성의 없을 정도면 그보다 더 환상적인 이

름일 텐데….”

“너무 어렵게 생각하지 말고 신라 때로 한번 거슬러 올라가 보세요. 이 절벽을 안고 돌아가는 길에서 무슨 일이 일어났겠는지. 지금은 겨울이지만 봄이면 여기 붉은 바윗가에 꽃들이 피고요.”

“글쎄요. 바닷길이 아니면 바위꽃길도 아닐 테고. 부채끝길?”

나는 오랜 기억 끝에 숨어 있는 이 해안단구의 이름을 떠올렸다.

“아뇨. 그건 이 절벽 이름이고요. 부채끝처럼 동그랗게 바다를 돌아간다고. 왜 여태 결혼을 못하셨는지 알 것 같네요. 꽃을 바치는 길요. 헌화로.”

그러자 생각나는 것 한 가지가 있었다. 정동에서 서울로 이사하기 전 중학교 때 처음 향가가 무엇인지에 대해 배울 때 국어 선생님한테 그런 얘기를 들은 것 같기도 했다. 소를 끌고 가던 견우노인이 꽃을 탐하는 수로부인에게 자기를 부끄러워하지 않으면 잡은 암소를 놓고 절벽에 올라 꽃을 꺾어 바치겠다고. 그곳이 정동 아래 심곡에서 옥계로 나가는 부채끝 절벽이라는 얘기도 했었고, 삼척 근덕 어디쯤에 있는 또다른 그런 길이라고도 했었다. 그 두 군데 말고는 경주에서 강릉까지 붉은 절벽 끝을 올라 꽃을 꺾어 바칠 만한 데가 없다고. 그 헌화가의 이름을 바로 꽃보다 더 고운 이곳 부채끝 절벽길에 붙인 것이었다.

"그래서 카페 이름이 '꽃을 꺾어 바치고'였군요."

"처음엔 다들 바닷가에 무슨 꽃이냐고 그래요. 지난번 왔던 기자들도 그랬고요."

"헌화가 외우고 있습니까?"

"예. 예전에 잊어버렸다가 가게를 하면서 다시요."

"한번 들려주시겠습니까?"

"그러면 우리 가게에 써붙여 놓은 그대로 외워볼게요. 제 옛 발음이 어색하겠지만.

　　딛배 바회 곶히

　　자부온손 암쇼 노히시고

나흘 안디 붓ᄒ리샤ᄃᆞᆫ

　　곳ᄒᆞᆯ 것가 받ᄌᆞ오리다."

　"그 길로 지금 제가 가는군요. 부채끝 절벽엔 아직 꺾어 바칠 꽃이 피지 않았지만 암소 대신 자동차를 끌고."

　나는 그렇게 말하는 의미를 여자가 알아주기를 바랐다. 이 길은 옥계로 나가는 길이고, 그 길로 더 나가 동해에 있는 그녀를 만나고 싶다는 뜻을 그렇게 전한 것이었다. 여자는 아무 말도 하지 않았다. 부채끝이 끝나고 절벽길이 끝나는 곳에서 그녀는 한 카페를 가리켰다.

　"나오라고 하면 안 되겠습니까? 아니면 수로부인을 제가 찾아가든가."

　"그러면 저는 여기서도 아무 말 할 수 없어요."

　그곳 카페에서 여자는 맥주와 마른 해산물 안주를 시켰다.

　"서울로 올라간 다음엔 미연이한테 한 번도 연락하

지 않았나요?"

먼저 따라주는 내 잔을 받으며 여자가 물었다.

"예. 편지를 한 번 썼지만 미연이 아버지한테 쓴 편지였습니다. 이사할 때도 역까지 짐을 싣고 나갈 자동차도 내주시고."

"미연이는 자기한테도 편지가 올 줄 알았다고 했어요. 그런데 오지 않아서 섭섭했다고."

"어머니가 어른께 편지를 드리라고 해서요."

그렇지만 그래서 어른께만 쓴 것은 아니었다. 나중에라도 그녀에게 편지를 쓰고 싶었지만 막상 편지를 쓰려고 마음먹으면 그때마다 자꾸만 묵호에서 통학하던 그 형을 의식하게 되던 것이었다. 나는 그 얘기를 여자가 따라주는 첫 잔을 비우고 나서 말했다.

"그때 우리 자신들을 보나 집안 환경으로 보나 나하고는 비교도 할 수 없는 형이었거든요. 그러니까 내 처지에 어떤 편지도 쓸 수 없었던 거지요. 아침마다 기차가 들어오면 유리창 사이로 두 사람이 인사를 하고요."

"그랬구나. 그때는 그게 아니었는데…."

여자는 신음처럼 낮게 혼자 소리로 말했다.

"그래도 편지를 좀 하지 그러셨어요? 어릴 때 마음이 커서까지 그대로 다 가는 건 아니지만, 그때 미연이도 석하 씨 좋아했는데. 석하 씨 이사 갈 때 얼마나 울었는지 모른다고. 그래서 편지도 더 기다리고요."

여자는 뒤늦은 아쉬움을 나타내며 내게 두 번째의 잔을 채워주었다.

"끝까지 다 가지 않더라도 그때 서로 편지를 하고 그랬다면 미연이도 지금하고 다를지 모르는 건데. 그래서 대학 가서까지 만나고 했다면…."

"이다음엔 그렇게 하지요. 여기 부채끝에 와서 붉은 바위 끝의 꽃도 꺾어 바치고."

"그러면 그런 다음 정동진엔 한 번도 오지 않았나요?"

"예. 그냥 이렇게 오면 되는데 너무 많은 의미를 생

각하고 있었던 거지요. 이런 모습으로는 갈 수 없다든가, 이런 식으로는 갈 수 없다, 뭐 그런 식으로요. 사실 이번에도 그랬고요."

"참 늦게도 오셨다. 어떻게…."

여자도 처음 받은 잔을 마저 비웠다. 나도 여자에게 두 번째 잔을 채워주었다.

"그럼 그동안 한 번도 미연이를 보지 못했나요? 꼭 정동진이 아니더라도 미연이도 서울에서 학교를 다녔으니까 길에서든 어디서든요."

"예. 가끔 생각은 했어도 어느 학교를 다니는지도 몰랐고요."

그렇지만 그게 그녀였는지 아닌지 딱 한 번 비슷한 사람을 보긴 했었다. 그녀를 만나면 그것도 꼭 물어보려고 했었다. 나는 그 얘기를 여자에게 했다.

"어디에서요?"

"철원에서요. 2학년 마치고 군에 갔을 때."

"철원 어디에서요?"

여자는 잔 쪽으로 손을 가져가려다 말고 반짝 이쪽을 향해 눈을 떴다.

"거기 버스 정류장에서 얼핏 미연이 같은 사람을 봤어요. 내가 기억하는 건 더 어릴 때 모습이지만, 서울에서 막 도착한 버스에서 어떤 여자가 내리는데 첫눈에 꼭 미연이 같았어요. 그냥 아무 생각 없이 바라보다 얼굴을 보는 순간 바로 그렇게 생각했을 만큼."

"어떻게 거기서⋯."

여자는 그런 말에 꼭 어울릴 표정으로 자신의 왼손 새끼손톱을 물었다.

"다가가 물어보지는 않고요?"

"예. 다른 일 때문에요. 그러고 싶어도⋯."

토요일 오후였고, 부대 전령이었던 나는 사단 사령부에서 일을 마친 다음 부대로 돌아가기 위해 거기에 나왔다가 버스 정류장으로 군기 순찰을 나온 헌병에게 붙잡혀 있었다. 어깨에 멘 행낭의 단추를 제대로 채우지 않았다는 것이었다. 바로 버스들이 들고나고 하는 데서였다. 그래서 첫눈에 그녀 같은 여자를 보고서도 다가가 말 한마디 붙일 수가 없었다. 아마 누군가 면회를 온 것처럼 보이는 여자는 버스에서 내리자마자 그날이든 다음날이든 돌아갈 버스 시간을 알아보기 위한 듯 대합실 안으로 들어갔다. 한참 동안 헌병에게 곤욕을 치르다가 대합실로 들어갔을 때 여자는 이미 그곳에 없었다.

"거기서 봤다면 아마 미연이가 맞을 거예요. 그렇지만 어떻게 거기서. 다 늦은 다음에….”

여자는 길게 한숨을 내쉬었다. 무겁게 보였지만 나는 여자가 말하는 의미를 알아들을 수 없었다. 먼저 편지 얘기를 할 때에도 그랬고, 군에 있을 때 언뜻 스치는 모습으로 그녀를 보았던 얘기를 할 때에도 그랬다. 뭔가 내가 모르는 안타까움이 그 두 일 사이에 있다는 얘기일 것이었다. 내가 잔을 비우자, 여자도 반쯤 그것을 비웠다. 그때까지 우리는 잠시 창밖의 바다를 바라보며 저마다의 생각에 잠기듯 말을 끊고 있었다. 짧은 겨울해가 이미 떨어지고 만 듯 서서히 융단 같은 어둠이 바다 위로 내려오고 있었다.

"저하고 약속 한 가지 할 수 있나요?"

비로소 혼자 생각에서 깨어난 듯한 얼굴로 여자가 물었다.

"어떤 약속인데요?"

"저한테 미연이를 만나지 않고 돌아간다고 약속하면 제가 미연이에 대한 얘기를 다 해드릴게요. 지금 미연이가 어떻게 사는지도 얘기해 드리고, 철원에서는 어떻게 만난 것인지도 얘기해 드리고요."

"제가 지키지 않을 방법이 있다면 좋겠습니다. 미연이가 있는 데를 끝까지 말해주지 않는다면 그러고 싶어도 그럴 수 없을 테지만."

"본 것처럼 돌아갈 수 있느냐고 묻는 거예요."

"꼭 그래야 한다면 그렇게 해야겠지요."

"묵호에서 학교 다니던 그 오빠, 미연이 사촌오빠였어요."

거기까지 말하고 나서 여자는 내 얼굴을 바라보았다. 이상하게 그랬구나, 하는 생각조차 들지 않았다. 나는 눈길을 내려 통나무 탁자의 나무 물결을 바라보았다.

"그 오빠 아버지가 오빠고, 미연이 엄마가 동생이고요. 그래서 기차에서 만나면 늘 인사를 했던 거구요. 그때까지는 그랬어요. 나도 미연이하고 서울에서 몇 번 그 오빠를 보았고요. 그땐 그런 거 전혀 몰랐나요?"

"예. 오빠 동생 사이면 그보다 더 친한 표현도 할수 있었을 텐데 꼭 그만큼만요. 기차가 오면 조그맣게 손을 펴서 인사하고, 또 아주 가끔 통로에서 얘기하고…."

"우리 땐 정말 좋아하면 그만큼 표현하기도 어려운 건데. 석하 씨가 이사를 가기 전까지 미연이는 마음속으로 석하 씨를 좋아했어요. 그런 표현도 못하고. 그래서 마지막 날 기차에서 이다음 커서 꼭 다시 오라고

만 했다고. 그때부터 서로 편지하고 그랬다면 나중에
라도 달라질 수 있었을 텐데. 그래서 대학 가서도 만
나고 했다면….”

　대답 대신 나는 가만히 잔을 들어 입으로 가져갔다.

　“미연이 서울에서 외로울 때 그 오빠 사랑했어요.”

　바다엔 더한층 짙은 어둠이 내려오고 있었다. 나는
놀라지 않았다. 마음속으로 하고 있던 그녀의 불행에
대한 짐작도 있었지만, 어린 날 내가 보았던 그림과
겹쳐 다른 사람이 아니라 그였다면 나는 이해할 수 있
을 것 같았다. 역으로 기차가 들어올 때마다 그가 앉
은 자리를 향해 누가 볼까봐 조그맣게 손을 펴 보이고
기차에 오르곤 하던 바로 그 사람이었다면….

　“아버지가 돌아가시고 나서부터 그 오빠에게 마음
을 의지했는가 봐요. 오빠도 전보다 더 다정하게 대해
주고 그러니까….”

　내가 놀란 건 그 다음 얘기부터였다.

　“철원에도 그 오빠 면회를 갔을 거예요. 그 오빠는

대학 마치고 군에 갔는데, 미연이가 자주 면회를 다녔어요. 그때부터는 제가 알아요, 두 사람 사이. 그때 안 건 아니지만 토요일 아침에 가면 일요일 저녁에 돌아오고요. 미연이도 어쩔 수가 없었다고 했어요. 그러다 어느 날, 미연이가 먼저 면회를 가고 그 오빠 아버지 어머니가 나중에 면회를 갔는가 봐요. 그래서 어른들은 면회를 못하고, 아들이 애인 면회를 먼저 나갔다니까 다음날에라도 혹시 아들과 아들 애인을 볼 수 있을까 해서 그곳에서 주무셨는데, 다른 데서도 아니고 다음날 아침 그 여관에서 얼굴을 부딪쳤는가 봐요. 시골 여관이라 방마다 화장실이 있는 것도 아니고 아침에 세면장으로 세수를 하러 나갔다가 그 오빠 어머니하고요."

"어떻게….."

"동네가 좁잖아요, 그런 덴. 아침에 그렇게 마주쳤으니 그냥 면회만 온 거라고 변명할 수도 없는 일이고요."

"그래서 어떻게 됐습니까?"

나는 아까 여자가 말하던 아이 생각을 떠올렸다.

"그게 전부였어요. 그날 부대로 들어간 오빠는 며칠 있다가 스스로 총으로 목숨을 끊었어요. 그러기 전에 오빠도 고민을 많이 했겠지요. 미연이에 대한 마음도 그렇고, 또 그런 모습을 어른들한테 보인 것도 많이 고민스러웠을 테고요. 그전에 미연이한테는 편지를 보내고, 아버지 어머니한테는 품안에 편지 한 장 남기고요. 우리 4학년 때 가을에….''

그래… 그때 그런 일이 있었다. 우리 부대가 아니라 같은 사단 안의 이웃 연대에서 한 사병이 보초를 서던 중 총기 자살을 했다. 그런 일 다음엔 언제나 소문이 무성하기 마련이어서 강원도 병력이라는 얘기가 있었고, 갑부라고 불릴 만큼 가정환경도 좋으며 (소문이라는 건 늘 그렇게 나는 법이니까) 대학을 졸업한 다음 입대해 며칠 전 애인이 면회를 왔는데 다음날 면회를 온 부모님이 애인을 보고난 다음 두 사람 사이를 인정

하지 않아 그것을 비관해 자살했다는 것이었다. 나는 그 얘기를 일 때문에 들어간 사단 정훈부에서 들었다. 요즘도 이런 애들이 있나? 그 얘기를 하며 정훈부 선임하사는 그렇게 말했다. 그리고 며칠 후 그것과 관련해 우리부대에서도 정신교육이 있었다. 점호 시간 애인이 있는 사람 손을 들어보라기도 하고, 애인이 고무신을 거꾸로 신더라도 한순간의 감정으로 딴 맘먹으면 안 된다는 얘기를 하기도 했던 것이다. 그곳 버스정류장에서 그녀를 보고 난 다음 꼭 몇 달 후의 일이었다.

"그럼 애가 있다는 건…."

나는 다시 그 생각을 떠올렸다.

"그건 썩 나중의 일이고요. 그 오빠 동생이 하나 있거든요. 우리보다 두 살 아래 남동생요. 그 동생이 몇 년 전 이혼하고 미국으로 떠났어요. 아마 이혼도 아이 때문에 틈이 벌어져서 한 것 같은데, 아이 몸이 바르지 못해요. 그러니까 여자도 이혼을 하며 아이를 맡지 않고, 동생도 아이를 팽개치고 미국으로 떠나 지금은 그곳에서 다른 여자와 재혼해 살고요. 처음 얼마 동안은 어른들이 맡았는데, 나이든 분들이 언제까지 그럴 수 있는 것도 아니고요. 그 아이를 지금 미연이가 키우고 있어요. 처음엔 내주지 않다가 미연이가 하도 간청을 하니까 그것도 이렇게 될 인연이었겠다 하시면서….”

“연희 씨 말대로 제가 그때 편지를 했다면 모든 것이 달라졌을까요?”

“모르지요, 그건. 그냥 제 아쉬움이니까. 저마다 운명이든 인연이든 그런 게 따로 있다면….”

나는 또 한 잔의 술을 비웠다. 이제 어둠은 먼 곳의 바다와 한 몸을 이루고 있었다. 그 어둠 속에 희미한 옛 기억처럼 파도만 희끗희끗 해안으로 밀려나오고 있었다. 그 바닷가에서 어린 날 한 아이가 조그맣게 자기 운명의 손을 펴 보였던 것이다.

그런 바다를 보며 나는 이곳 바다가 아닌 또다른 곳

의 바다를 생각했다. 언젠가 남쪽 땅끝 해남에 있는 미황사라는 절에 갔을 때 그 절의 스님이 말해주었다. 잘 보면 이 절의 주춧돌은 보통 연꽃 무늬를 새긴 다른 절의 주춧돌과는 달리 게와 거북이의 형상을 하고 있다고. 그런데 아무리 봐도 그 게와 거북이의 다리가 보이지 않았다. 거북이는 몰라도 게가 게 같자면 다리가 있어야 하는데, 이제 바다에서 뭍으로 막 빠져나오려는 찰나, 그래서 몸은 뻘 밖에 있고 다리는 아직 뻘 속에 있어 그것을 막 빼내 다른 한 세상을 시작도 하기 전에 절집의 무거운 기둥이 올려진 것이라고 했다. 스님은 등에 절을 얹고 있는 게와 거북이를 바라보는 것만으로도 우리 삶에 대해 많은 생각을 하게 된다고 했지만 그때는 그냥 바닷가에 있는 절이니까 그럴 수도 있겠다는 생각만 했다.

그걸 지금 이곳 바다에서 다시 생각하고 있는 것이다. 우리 삶에도 그런 절집의 기둥처럼 한 세상을 시작함과 동시에, 뻘에서 다리도 채 빠져나오기 전에 등에 올려진 저마다의 운명 같은 짐은 없을까. 아버지는 죽는 순간까지 노두를 찾아다녔다. 누구는 이루어질 수 없는 사랑에 목숨을 버렸으며, 또 누구는 그 사랑에 일찍 자기의 운명을 펴 보이듯 작은 손을 펴 보였다. 그리고 뒤늦게 이곳에 와 나는 그 생각을 하고 있다. 이태 전 어느 한밤중, 정동으로 해돋이를 보러왔던 그 선배는 여기에 와서 무엇을 생각했을까. 바다에 책을 던지고, 이제 자신의 그 일을 면하게 해달라고 빌었을까. 그래서 그 짐을 벗고 지금은 다른 일을 하고 있는 것일까.

"무얼 생각하세요?"

"짐요. 저마다 우리 등에 얹어진…. 저, 한 잔 더 주시겠습니까?"

나는 내 앞의 빈 컵을 들어 여자에게 내밀었다.

"운전 괜찮으시겠어요?"

"그래서 나는 사고가 내 몫이 아니라면요."

정동엔 늦은 밤에 돌아왔다. 카페로 돌아오는 부채

그대 정동진에 가면

끝 절벽길에서 여자는 내게 다시 언제 떠날 것이냐고 물었다. 나는 마음이 정리가 되면, 이라고 말했다. 주머니에서 내가 묵고 있는 모텔의 전화번호가 적힌 성냥갑을 내주고, 휴대전화 번호를 알려주었다.

"정리가 쉽지 않겠다는 얘기 같네요."

"왠지 그렇게 보이지요?"

나는 카페 앞에 여자를 내려주었다.

사막과 바다

아침에 일어났을 때 잔뜩 날이 흐려 있었다. 그러나 구름이 끼지 않았더라도 해 뜨는 시간에 맞추어 일어나지도 못했을 것이고, 일어났다 해도 바다로 나가고 싶은 마음도 없었을 것이다.

그녀의 일과 상관없이 떠나기 전 꼭 그곳에 들러 내 눈으로 확인해봐야 할 무엇이 있었지만 어제 여자를 만나고 들어온 내 마음이 그랬다. 혼자 방에 있자니 예전에 10년이나 살았던 곳인데도 왠지 낯선 곳에 혼자 와 버려져 있는 듯한 기분이 들었다.

그렇다고 이대로 서울로 돌아가고 싶은 마음도 들

지 않았다. 그러자면 길을 떠나기 전보다 많은 생각들이 마음속에서 정리되어야 할 것 같은데, 제대로 잠을 이루지 못한 지난밤에도 그랬고 깨어난 아침에도 여전히 이대로는 돌아갈 수 없다는 생각 말고는 아무 생각도 들지 않았다.

꼭 그녀를 만나야겠다는 생각에서 그런 것도, 또 단순히 만나지 못했다는 아쉬움만으로 그런 것도 아니었다. 그냥 이대로 돌아가기엔 내 마음의 너무 많은 것을 이곳에 두게 되어 서울에 가서도 몸만 가져왔다는 생각이 들 것 같았다.

점심때가 거의 다 되어 애초 이 여행의 예정에도 없이 동해시청에 있는 친구에게 전화를 걸었던 것도 꼭 그 친구를 만나야겠다는 생각보다 그 친구를 핑계로 그런 내 마음의 하루를 더 어떤 이유를 가지고 편하게 이곳에 붙잡아 두고 싶은 마음 때문이었다.

친구는 자신의 퇴근 시간에 맞추어 동해로 나오라고 했다. 그러다 "오늘 꼭 정동에서 자야 되는 건 아니지?" 하고 물었다. 그 말에 나는 꼭은 아니지만 가능하면 그러고 싶다고 말했다.

"그러면 내가 퇴근하는 대로 그리로 나가야겠네. 너, 자동차 가지고 여기 왔다가 술 마시면 못 나가니까."

"그럼 너는?"

"나는 정동에 집이 있으니 거기서 자고 출근하면 되고."

나는 내가 묵고 있는 '듀 이스트 파크'의 위치를 말해주었다.

"알아. 광업소 마당 자리에 있는 거."

친구는 여섯 시쯤에 모텔 로비에 와 전화를 걸었다. 그때까지 나는 혹시 그 친구가 아닌, 어제 만난 여자한테서 전화가 오지 않나 해서 하루 종일 방에만 있었다. 바로 산 밑이라 그런지 어제 바닷가에선 잘 터지던 휴대전화가 모텔에선 계속 '통화권 이탈'로 찍혀 나왔다.

그대 정동진에 가면

"바다로 가지. 오랜만에 왔는데 가서 회도 좀 먹고."

"그냥 여기서 한잔하지 뭐. 오랑캐들 몰려와 있는 거 보기도 싫고."

"들은 모양이구나. 오랑캐 얘기."

"어제 등명에 갔다가."

친구 말로는 등명의 노인이 지어낸 우스갯소리가 아니라 정동의 나이든 어른들이 처음엔 사람을 보고 두 번 놀랐다고 한 말이 언제부턴가 오랑캐를 보고 두 번 놀랐다는 말로 바뀐 것이라고 했다.

모텔 앞 카페에 앉아서도 자연스럽게 지금의 정동 얘기와 우리 어린 시절의 얘기가 나왔다. 카페에 들어갈 때에도 친구는 "이게 옛날 자장면 집 자린데. 그때 참 부러웠다. 여기 사는 애들." 했다. 친구는 역 앞에 집이 있어 그랬다지만 나는 이곳에 살면서도 아버지가 광업소 일을 그만둔 다음 한 번도 자장면 집에 가본 적이 없었다. 친구는 "모처럼 여기 왔는데 우리도 옛날식으로 목 청소 고기 한 번 먹어보지 뭐." 하며 맥주 안주로 훈제한 돼지고기 한 접시를 시켰다.

"사실은 이게 아닌데 말이야. 기름이 그대로 있는 걸 소주와 함께 먹었던 거지."

그 말과 연이어 친구는 무슨 일로 왔느냐고 물었고, 나는 그냥 예전에 살던 데가 궁금해서 왔다고 말했다.

"여기 탄광이 있던 데는 정말 많이 변했지? 사람이 살지 않던 데 같이."

"그래. 폐허처럼 허물어진 사택도 그렇고. 여기 있던 그 우람한 팔뚝들은 다 어디로 갔나 싶기도 하고…."

"떠날 수 있는 사람들은 다 떠났지. 그나마 떠날 형편이 못되는 사람들은 바닷가로 나가 뒤늦게 어부가 되거나 강릉 시내로 막일을 다니고. 가고 싶어도 갈 데가 없으니까. 학교는 가 봤나?"

"아니. 아직 역에도 안 들어가 봤다. 그 앞에만 가 보고."

"우리가 다닐 때는 한 학년이 180명쯤 됐는데 지금은 열댓 명 될까 말까. 인구도 정동 전체를 쳐 천 명이 조금 넘고. 그것도 요즘 장사가 된다 하니까 이태 사이에 늘어서 그런 거지."

"거기는 대단하더구만. 느 집앞 동네는."

"오랜만에 와 놀란 모양이네."

"그래. 여기도 그렇지만 거기도 정말 예전에 내가 기차를 타고 다니던 동네인가 싶어 눈이 휘둥그레졌다."

"여기 사는 우리야 늘 바라보는 풍경이니까 새로울 게 없다 해도 해안을 따라 펼쳐져 있는 산과 바다만으로도 충분히 소문날 만한 동네거든. 우리나라에 손에 꼽을 만한 아름다운 길 세 개가 있는데, 자동찻길로는 경춘가도고, 뱃길로는 한려수도, 그리고 기찻길로는 이곳 정동에서 안인으로 나가는 길이라 그러고."

그건 전에도 듣고, 또 학교를 다니며 매일같이 보았던 길이었다. 한쪽은 깎아지른 듯한 절벽이고, 또 한

쪽은 바다라도 어디서나 볼 수 있는 그냥 밋밋한 바다가 아니라 해안을 따라 죽 바위들이 솟아올라 있어 파도가 한 번 달려들더라도 그걸 바라보는 사람의 느낌이 다른 길이었다. 그 무렵 기차에 붙여놓았던 철도청 광고 사진들도 대부분 기차가 거길 지날 때 찍은 것들이었다.

"그런 여기가 몇 년 전만 해도 어떤 동네였는지 자네도 모를 거다. 광업소 문 닫고 나선 돈 나올 데가 없으니까 얼마 되지 않는 보상금이라도 받아보려고 시에 쓰레기 매립장으로 내놨던 동네다, 여기 탄광이 있던 동네는. 그러다 갑자기 모래시계 바람이 불고 정동진 바람이 분 거지. 그것도 몇 백만 년을 두고 내려온 경치 때문이 아니라 텔레비전 드라마에 여자 하나 역 앞에서 체포되는 장면 때문에."

쓰레기 매립장 얘기는 처음 듣는 것이었다. 그런 동네에 전에는 오가며 여섯 번 기차가 섰는데, 지금은 스물여섯 번 기차가 선다고 했다. 텔레비전에 그 드라마가 나오던 95년에 1만 5천 명이 왔다가고, 97년엔 70만 명, 98년엔 120만 명이 왔다갔는데 올해는 또 얼마나 올지 모르겠다고 했다.

"정말 무슨 난린지. 그러니까 서울 오랑캐 보고 놀랐다는 얘기가 안 나올 수도 없는 거고. 여기 사람들 눈으로 보면 이렇게 와야 할 이유가 없거든. 말로는 바다가 어떻고 해돋이가 어떻고 하지만 전에 없던 바다와 해가 새로 생긴 것도 아니고 말이지. 가만히 보면 여행이라기보단 꼭 무슨 집단 신드롬에 빠져 있는 거 같다. 여기 안 갔다오면 누가 죽인다고 한 것처럼 몰려드는 게. 막상 와서는 제대로 둘러보지도 않고 뭐 이래? 하고 실망하는 사람들도 많고."

"어제 헌화로 가보니 거기도 참 좋더라. 기찻길하고는 또 다른 게. 그런 사람 있으면 누구한테 꽃도 꺾어 바치고 싶을 만큼."

"가봤구나. 거기 그런 데가 있는지는 서울 촌놈들이 알지도 못한다. 그저 역 앞에 서서 해 뜨는 거나 보고, 거기 휘어빠진 소나무 앞에서 사진 한 장 찍곤 그게 정동 단 줄 알지. 해돋이를 보는 모습들도 그래. 해 뜨기 전엔 역 앞에 발 디딜 틈 없이 모여 섰다가 해만 뜨면 순식간에 퍽석 흩어지고. 그래서 여기 사람들이 그런다. 해돋이 구경이 아니라 '해떴다, 가자' 판이라고. 그러니 무슨 풍경을 제대로 보겠냐? 집에서 민박을 하는데 우리 집에 오는 것들도 그래. 뭐가 좋아서 그렇게 오냐니까 좋아서 오는 게 아니라 왠지 안 오면 안 될 것 같아서 온다더라. 그렇게 남자 여자 같이 와서 기껏 폼잡고 가는 데가 기차 카페고."

나는 정동 집엔 누가 있느냐고 물었다.

"어른들이 계시는데 어른들한테는 좋고 말고지 뭐. 돈 나올 데 없다가 이렇게 사람들이 몰려오고 하니까. 바로 역 앞이고 하니 집을 늘리고 수리해 방이 일곱 개거든. 방 하나에 3만원씩인데 그게 거의 날마다 차니까 하루 20만원 씩 한 달이면 600만원이다. 내 월급 네 배야."

"대단하네."

"그래도 저녁때가 되면 우리 아버지, 어머니보고 그런다. 기차 들어올 시간 됐는데 오랑캐 몰려 안 나가느냐고. 민박 손님 데리러 나가라는 얘기를."

친구는 지금 역 앞 동네는 예전엔 평당 10만원도 하지 않던 땅값이 수백만 원으로 올랐다고 했다. 그래서 정동 사람들도 이젠 눈빛이 달라졌다고.

"지금 짓고 있는 집들도 많던데. 상가고 모텔이고."

"그런 중에도 아직 망설이는 분위기도 조금 있고. 여기 사람들 생각에 언제까지 이럴지 모르니까. 누가 봐도 이건 여행이나 관광이라기보다는 집단 유행 같은 건데, 이러다 어느 한 순간 썰물처럼 빠져나갈 수도 있는 거고. 밤이면 난리다. 민박손님 서로 붙잡느라 동네 사람들끼리 서로 얼굴 붉혀가면서. 서울에서 직장 잃은 젊은 사람들 다 내려와서 포장마차 끌고 나와 서로 으르렁대고. 길이 좁다 보니 주차장이고 바닷가고 포장마차 천지고."

그래서 날마다 역무원과 동네 사람들이 전쟁을 치른다고 했다. 한쪽은 이렇게라도 먹고 살아야겠다고 리어카를 밀고 들어가고 한쪽은 들어오지 말라고 그것을 막고. 그저께 갔을 때 주차장의 삼분의 일 가량이 포장마차들에게 점령되고 만 것도 바로 그래서라고 했다.

"힘으로 밀어붙여 일단 들어가기만 하면 아예 거기다 말뚝을 박아버리니까. 여기가 뭐 어떻다 하니 외지에서 리어카 끌고 온 사람들도 많고. 예전엔 있고 없고를 떠나 사는 형편이 비슷했는데, 지금은 땅 가진 사람들은 빚내서 집 짓고 방 늘리고 하는데 없는 사람들은 포장마차 끌고 나오고 하다보니 그 반목도 여간하지 않다."

"신문에서 보니까 1년짜리 모래시계도 만들어 세운다고 하던데."

나는 그 기사를 정동으로 내려오기 얼마 전에 보았다. 그 모래시계와 관련해 어떤 신문은 외국도 다 그렇게 한다는 식의 사설까지 덧붙였다. 그런 저런 노력으로 사막 한가운데의 불모지까지 세계적인 관광지로 만들어 낸 것이 라스베가스고 또 헐리우드의 영화 세트장들이라고. 그러니까 우리도 이제 그런 쪽으로 눈을 떠야한다고 했다.

하지만 여긴 사막 한가운데의 불모지도 아니고, 모든 것을 인공적으로만 채워야 할 라스베가스나 헐리우드의 영화 세트장도 아닌데 그 글을 읽으며 (그리고 여기 와서 더욱) 나는 대체 이 사람이 정동을 제대로 둘러보기나 하고 그런 글을 쓴 것인지 화가 났다.

예전과 지금도 정동 사람이며, 앞으로도 영원히 정동 사람일 친구의 생각 역시 그랬다.

"집에서 민박을 하니까 나야말로 요즘 그 덕을 가장 많이 보고 있는 사람 중의 하난데, 그거야 말로 지나치지 않나 싶다. 동기야 어쨌든 일단 사람들이 많이 몰려드니까 거기에 맞춰 숙소도 짓고 상가도 짓고 물론 어느 정도 개발이야 해야 되겠지. 더 아래쪽에 있

는 신기 환선굴이나 어제 니가 가본 헌화로, 정동 안
인 사이의 기찻길 같은 주변의 다른 관광 상품들도 꾸
준히 개발하고. 그렇지만 아무리 개발하더라도 바다
는 바다답게 놔두고 산은 또 산답게 그걸 잘 보존해
나가는 방향으로 개발해야 하는데, 그런 거 말고는 여
기에 아무것도 볼 게 없다면 모를까 바닷가 모래밭에
흉물스럽게 그걸 세워 뭘 어쩌자는 건지 모르겠다. 이
미 멀쩡한 산을 깎아 기차까지 올려놓고 말이지. 하긴
그거 세워놓으면 또 한번 유행은 탈 거다. 세계 최대
의 모래시계라니까 일부러 그거 보러 다시 우루루 몰
려들 테고.”

　“이제까지 늘 그래 왔으니까. ‘동양 최대’니 ‘세계 최
대’니 하는 집단 최면 속에 멀쩡한 자연만 망쳐온 건
지도 모르고 말이지.”

　“이런 현상도 일종의 문화인데, 너도 문학을 하는
사람이다만 내가 지금 시에서 맡고 있는 업무가 ‘문화’
여서 그런지는 모르지만, 가만히 보면 시대마다 정권

잡은 사람들 입맛대로 그걸 이용하고 있는 게 아닌가 하는 생각이 들 정도다. 예전 '대한뉴스'처럼 문화가 정권 홍보에 필요하던 시절엔 문화공보부였다가 그게 한 구멍으로 체육에 모아져야 하면 문화체육부가 되고, 그러다 지금처럼 오직 그것밖에 없다는 식으로 모든 게 관광으로 연결될 땐 또 문화관광부로 바뀌고 말이지."

"정말 그렇네. 우스개 속에 뼈가 있다고 어쩌면 그게 바로 우리 문화의 본질인지도 모르고."

"그래서, 외국에 하는 국가 홍보에까지 대통령이 나서서 한국으로 오세요, 하니까 지역 단체들은 또 지역 단체들대로 무슨 건수만 있으면 어떻게든 그걸 관광으로 연결시켜볼까 하고 이 짓 저 짓 다 해보고 말이지. 업무 때문에 가끔 다른 시군 행사에도 가보고 하는데 웃기지도 않는 행사들도 많아. 지금 남아 여아 비율이 어떤지도 모르고 사람들 끌어 모아 전국적인 자지(남근)깎기 대회를 열지 않나… 거기다 자지 공원인지 좆 공원인지 하는 것까지 조성한다고 그러고…
또 여기 정동진이 어떻다 하니 어디에선 그곳 바닷가
에 삐죽 솟아오른 바위 하나가 무슨 영험 있는 물건이
라도 된다고 시 예산으로 공원화해서 아들 못 낳은 사
람 소원 빌러오라는 식으로, 그것도 그냥 선전하냐?
텔레비전으로 뉴스 때리고 '경축 연예인 대거 초청 무
슨마을 아들바위' 하고 선전하다가 서울 여성단체들
한테 개망신당해 도로 철거하지 않나. 다녀보면 정말
징글징글하다. 입만 벙긋하면 문화, 문화 하는데 그
문화도 딱 두 가지 구분밖에 없다. 관광으로 연결되
어 돈이 되는 문화하고, 느들이 하고 있는 돈 되는데
전혀 도움이 되지 않는 쓸데없는 문화하고. 어떤 때
는 이게 문화 관광인지 문화 강간인지 모를 정도로 말
이지. 멀쩡한 문화 유적 옆에도 문화 유적 안내보다는
무슨 드라마 촬영장소, 무슨 드라마 신혼 여행지, 무
슨 드라마 촬영팀 투숙 호텔, 그런 간판이나 죄다 붙
여놓고. 여기 정동 마을회관 하나도 '모래시계'가 아닌 또다른 무슨 드라마 박물관으로 쓴다고 그러고. 여기 와서 며칠 분 촬영하고 사인회 했다고 말이지."

"저쪽 조각 공원 앞에 붙여놓은 거?"

"들어가 봤나? 기차 카페 안에."

"아니, 거긴 안 들어가 보고 밖에서 공원만."

"한번 들어가 보지 왜? 거기 앉아 차 마시는 탤런트 사진 찍어서 자리마다 대문짝만하게 붙여놓은 것도 좀 보고. 기차 천정에 매달아 놓은 호텔 광고도 그런 식이고."

"여기 모텔 현관에도 그런 게 하나 붙어 있더라. 여기 와서 잠을 잔 연예인하고 모텔 사장이 같이 찍은 게."

"그게 후손들에게 물려줄 우리 시대의 가장 자랑스러운 문화유산이니까. 마을회관도 그 사람들이 나오는 아직 끝나지 않은 연속극 박물관이라는데, 전시할 물건 같은 게 없으니 사진 얻어다가 죄다 도배해 놓고."

"정말 왜들 그러는지 모르겠다. 아무리 인기 있는 연속극이라도 끝나고 나서 두 달 후면 그런 게 있었는지 없었는지조차 모르게 잊혀지고 마는 건데, 박물관은 또 뭐고."

"모래시계로 한 번 텔레비전의 힘을 봤거든. 그러니 그렇게라도 해서 마을 안까지 관광객이 들어왔으면 하고 말이지. 지금은 죄다 바다만 둘러보고 돌아가니까. 바닷가 쪽 마을하고 안쪽 마을 간의 반목도 그래서 생기는 거고."

"그러니 차라리 눈물겹네. 어처구니없는 건 둘째치고."

"모래시계도 벌써 그것 때문에 1리, 2리 간에 서로 자기 동네에 세워야 한다고 싸우고 난리인 모양이던데. 해안선이야 볼썽사납게 되든 말든 그래야 사람이 더 꾀니까. 해돈이도 해돈이지만 내가 봐도 여긴 바닷가와 붙어 있는 시골 간이역의 정취가 생명인데, 이런 식으로 몇 년 개발해나가다 보면 그 숨통 다 끊어지고 말 거다. 끊임없이 손님을 부르자면 오히려 개발을 억제해야 할 동네가 여긴데, 사실 이런 얘기 니 앞이니까 하지 동네에선 하지도 못한다. 다들 눈들이 뒤집혀 있어서. 더구나 우리 집이 바로 역 앞이다 보니 개발하지 않고 느만 지금처럼 민박해서 잘 먹고 잘 살겠다는 거냐 하면 할 말도 없는 거고."

"얘길 들으니 여기 때문에 겨울 경포대 손님이 없다더라. 전에는 거기가 북적거렸는데."

"여기도 언제 그렇게 될지 몰라. 이런 식으로 나가다 보면…. 또 여기처럼 제2의 정동진이 어느 날 갑자기 그렇게 떠오르면 그땐 또 죄다 그쪽으로 몰려갈 테고."

"하긴 여기 오는 손님들 팔구십 퍼센트는 현실 속의 정동진을 찾아오는 손님들이 아닐 거다. 자기 머릿속에 어떤 이미지로 그리고 있는 실제 여기와는 또 다른 비눗방울 속의 정동진을 찾아오는 손님들이지. 자네 말대로 이미지가 문화고, 문화가 관광이니까."

우리는 또 술과 안주를 주문하며 오랜 시간 초등학교 시절 얘기를 하고, 옛 기억을 하나하나 더듬으며 그 시절 친구들에 대한 얘기를 했다. 이번엔 친구가 먼저 '광업소 부소장집 딸' 얘기를 꺼냈다.

　"가만히 보면 걔 참 이뻤어. 우리하고는 모든 면에서 달라 보였고."

　"그런데 말이지…."

　나는 역에서 그 아이가 기차를 향해 가만히 손을 펴 보이던 걸 이 친구는 어떻게 기억하고 있는가 싶어 그것을 물어보았다.

　"그래 맞아. 그때 그랬어, 걔. 기차가 들어오면 아무도 모르게."

　"너는 그때 그 형이 누군지 알고 있었어?"

　"알긴 어떻게 알아? 우리하고 같은 학년도 아닌데. 사는 데도 틀리고."

　"아니, 두 사람 사이 말이야."

　"그걸 어떻게 아느냐고. 그냥 두 사람이 좋아하는가

보다 그렇게 생각했지. 미연이 걔도 우리하고 달랐지만 그 형도 우리하고 달랐으니 그냥 그런 사람들은 그런 사람들끼리 좋아하는가 보다 하고 말이지. 그러다 그 형 고등학교 때부터 강릉에 들어가 하숙하고."

"아니야. 그랬다면 고등학교 2학년 봄 이후부터일 거다."

"니는 그걸 어떻게 아는데? 전학가고 나서."

"나 전학 갈 때까지는 묵호에서 다녔거든. 우리 중학교 3학년 봄까지는."

"그때 그 형한테 되게 신경을 썼던 모양이네? 그런 거까지 기억하는 걸 보니."

"그랬을지도 모르지. 그때 내겐 그 형이 제일 부러운 사람이었으니까. 사는 것도 그렇고."

"그건 누구나 마찬가지였을 거다. 그런데 갑자기 그 형은 왜?"

"그냥 여기 오니까 생각나서. 걔가 그 형을 향해 늘 손을 펴 보이던 게."

"하긴 너는 좀 다르게 봤을 거다. 초등학교 다닐 땐 걔가 널 좋아했으니까. 기차를 타고 다니며 그 형을 만나기 전까지는."

"쓸데없는 소리하고 있네."

"아니야. 그때 걔가 느 집에 탄을 보내준다는 얘기도 있었고, 그보다 먼저 선생님이 자기 생일에 초대하고 싶은 남자 친구와 여자 친구 이름 적어내라고 했을 때에도 니 이름 적어내고 했는데 뭐. 그건 내가 봤거든. 그때 교무실에 불려가서."

"그만하고 술이나 들어. 나이 들어 사람 부끄럽게 하지 말고."

"너는 몰라도 그때 역에서도 우리 눈엔 그랬거든. 그 형한테 손을 펴 보일 때 그걸 우리보다 니가 볼 때 제일 부끄러워하고. 그걸 우리가 보면 아무렇지 않게 있다가 니가 옆에서 보면 미안해서 그러는지 어째서 그러는지 닐 향해 수줍게 웃고 말이지. 그러면 너는 또 못 본 것처럼 하고 말고."

그대 정동진에 가면

"내가?"

"그래. 아닌 것처럼 하면서."

그러고 보니 그때의 수줍은 웃음도 생각나는 것 같았다. 나는 늘 그 아이 하나만을 봤는데, 정동에서 함께 기차를 타던 친구들은 그때에도 그 아이와 나를 함께 본 모양이었다. 그러면서도 우리 모두 그 형에 대해 몰랐던 것이다.

친구하고는 자정이 넘어서까지 술을 마셨다. 나도 취하고 친구도 취했다. 친구는 카페 웨이터에게 대리운전을 부탁해 역 쪽으로 나가고, 나는 카페와 모텔 사이의 다리 위에서 아래 냇물을 향해 쓴물을 게워내고 모텔로 들어갔다.

"어디 갔다가 이제 오세요?"

이제 얼굴이 익을 만큼 익은 모텔의 여자가 마치 내가 들어오길 기다리고 있었다는 듯 반가이 물었다.

"이 앞에서 한잔 했습니다. 오랜만에 여기 친구 만나서."

"나가시고 나서 찾는 전화가 여러 번 왔어요. 휴대 전화로는 연락이 안 된다면서."

"그래요?"

"심곡이라고 했어요. 그렇게 말하면 아신다면서. 늦게라도 전화를 달라고 했어요. 전화번호도 여기 있고요."

여자는 메모지를 건네주었다. 그러나 방에 와서도 여자에게 전화를 걸지 못했다. 그러기엔 혀가 돌아가 있을 만큼 취해 있었다. 프론트에만 전화를 걸어 오늘 밤엔 내가 너무 취해 다시 전화가 오더라도 방으로 연결하지 말라고 말했다. 그리고는 바로 정신을 잃었다.

다시 헌화로에서

　여자의 전화가 걸려온 건 다음날 아침의 일이었다. 간신히 일어나 헛구역질을 하며 이를 닦고 있을 때 방 안의 벨이 울렸다. 얼른 입 속만 헹구고 전화를 받았다.

　여자는 어제 어디에 갔었느냐고 물었다. 나는 그녀와 나 사이에 그녀를 아는 또 한 명의 친구 얘기를 하면 오히려 그쪽에서 부담스러워하지 않을까 싶어 혼자 술을 마셨다고 말했다.

　"많이 마셨는가 봐요."

　"예. 필름이 끊어져 다시 전화를 해도 못 받을 만큼

요."

"그러니까 마음속에 정리가 되던가요?"

"아뇨. 그래서 오늘 하루 더 마셔볼 참입니다. 잠시 속을 진정시키고 나서."

"그러면 속만 말고 가슴도 진정시키고 기다리세요. 오후에 제가 그쪽으로 나갈게요. 먼저 술 드시지 마시고요."

"그럼 함께 마셔줄랍니까?"

"그건 이따가 분위기 봐서 석하 씨가 알아서 하면 되고요. 그때까지 어디 멀리 나가시지 말고요."

나를 만난 다음 다시 그녀를 만났던 얘기거나 그저께 헌화로를 따라갔던 부채끝 카페에서 나에게 다 해주지 못한 얘기가 있다는 말일 것이었다.

나는 다시 욕실로 들어가 세수를 하며 거울을 바라보았다. 내려와 있는 며칠 동안 수염이 많이 자라 있었다. 거울 아래에 놓인 일회용 면도기가 눈에 들어와 무심결에 비누를 들어 턱밑을 문지르다가 이내 내가 지금 무슨 기분에, 하는 마음에 물을 끼얹어 그것을 도로 씻어버렸다. 초췌한 모습에 머리까지 헝클어져 있어 참으로 오랜만에 예전 아버지의 모습을 정동에 내려와 거울 속으로 다시 보는 듯했다.

여자는 세 시쯤 다시 전화를 걸어 모텔 앞 카페라고 했다. 나는 천천히 모텔을 나와 지난밤 쓴 물을 게워냈던 다리 위를 지나 카페로 들어갔다. 그러나 뜻밖에도 그곳에 와 있는 것은 여자가 아닌 미연이, 그녀였다.

미처 반가움을 느낄 사이도 없이 어떤 당혹스러움이 먼저 그 자리를 파고들었다. 아마 철원에서 헌병에게 붙잡힌 채로 그녀를 보던 순간에도 그랬을 것이다. 짧은 순간 잠시 전 다리를 건널 때 카페 앞에서 역 쪽으로 방향을 틀어 나가던 자동차와 아침에 여자가 했던 암시의 말 몇 마디를 거의 동시에 떠올렸다.

그녀는 문을 열고 들어서는 나를 보고도 아무 움직임 없이 저쪽 구석 자리에 앉아 이쪽을 바라보고 있었다. 나도 모르게 턱으로 올라가 있던 손을 들어 보이며 다가가자 그제서야 그녀도 옛날 역에서 누구에겐가 그랬던 것처럼 조그맣게 손을 펴 보이며 자리에서 일어났다.

참 많은 시간이 흘렀어도 달라진 건 크게 없었다. 그녀는 어릴 때 봤던 모습과 또 철원에서 언뜻 봤던 모습 그대로 여전히 희고 갸름한 얼굴에 단발머리보다 조금 더 긴 생머리를 하고 있었다.

"몰랐네. 이렇게 나올지."

갑작스러운 마주침에도 먼저 들은 얘기가 있어서인지 나는 오히려 마음이 차분해지는 기분이었다.

"알았으면 준비를 하고 나오는 건데."

내가 먼저 손을 내밀자 "오랜만이지?" 하고 그녀도 부끄럽게 웃어 보이며 내 손을 잡았다.

"친구는?"

"금방 갔어. 석하 들어오기 전에."

"조금 전에 나갔던 자동차?"

"응."

"그러면 귀띔이나 좀 해주고 가지. 지난번 동해서도 그렇고 오늘도 그렇고 사람 놀라게 하는 게 취미인 모양이네."

"내가 그렇게 말해달라고 했어. 그래야 내가 나오기 편할 것 같아서."

웨이터가 다가오자 나는 커피를 시켰고, 그녀는 과일 주스를 시켰다. 주문을 받는 동안 웨이터가 나를 보고 나서 잠시 고개를 갸웃거렸다.

"어제도 여기서 마셨거든."

"많이 마신 모양이네. 얼굴이 안 좋아보이는 게."

"20년 전보다?"

"아니. 얼마 전 텔레비전에서 봤을 때보다…."

"면도를 안 해서 그래. 귀띔을 해줬으면 면도를 하고 나왔을 텐데."

나는 다시 손바닥 가득 까끌하게 잡히는 수염을 문질렀다. 주문한 커피와 주스가 나오고, 또 그것을 마시는 동안 서로 가벼운 것들만 묻고, 또 가벼운 이야기들만 했다.

언제 왔느냐, 정동이 많이 변했다, 여기 탄광은 언제 문을 닫고 저런 게(모텔) 세워졌느냐, 바쁠 텐데 어떻게 내려왔느냐, 사택은 흉가처럼 변했더라, 예전의 광구들도 입구를 다 막고 사방공사를 끝냈더라, 하는 얘기를 주고 받다가 서로 집안의 안부를 물었다.

그녀는 어머니가 남동생과 함께 강릉에 있다고 했고, 나는 어머니가 이태 전에 돌아가셨다고 말했다.

"참 고운 분이셨는데. 여기서 고생을 많이 하셔도 참 곱고 반듯하시고…."

"가끔 미연이 네 얘기를 하셨어. 어른들께도 늘 고마워하셨고. 그런 분들 때문에 힘든 것 견딜 수 있었다고. 니가 말씀드려 탄 보내주셨던 얘기도 많이 하시고."

"그러면 나 또 부끄러워지니까 하지 마. 그런 말…."

그대 정동진에 가면

그러니까 꼭 예전의 그녀의 모습이 그대로 얼굴에 다시 나타나는 것 같았다. 언제나 내가 다가가고 싶어 했던 모습이었다. 그러나 그땐 참으로 멀리 그녀가 있다고 생각했다.

"내가 참 늦게도 왔지?"

"그래. 어제 낮에 들었어. 석하가 연희 가게에 왔다 간 거."

"놀랐지?"

"응, 많이. 그렇지만 나보다 석하가 더 놀랐을 거 같았어."

"아니….."

"그때 동해에 왔을 때도 그랬고 이번에도 처음엔 연희한테 막 화를 내다가 이왕 다 말한 거면 내가 직접 석하 얼굴을 보는 게 낫겠다고 생각했어. 그래서 어제 저녁 때 연희보고 연락을 하라고 한 거고. 아직 떠나지 않았으면 내가 만나러 가겠다고."

"나도 기다렸어. 왠지 그냥은 서울로 갈 수 없을 것

같아서.”

“그냥 가면 그냥 간 것 때문에 서울 가서도 제대로 일을 못하면 어떻게 하나, 그런 생각도 했고. 나, 이럴 땐 참 착하지?”

“그래. 다른 때도 언제나.”

그녀는 어떻게 들었는지 모르지만 나는 그 안에 그녀의 아픈 사랑까지도 포함해서 말했다.

“아니야. 다른 때는 나 안 착했어.”

어쩌면 그녀도 그 사랑까지 포함해 말하는 것인지 몰랐다. 나는 잠시 그런 그녀의 얼굴을 똑바로 바라보았다. 이렇게 바라보면 멀지도 않은 곳에 그녀가 앉아 있는데 예전엔 그 거리가 참 멀다고 생각했다.

나는 그 말을 그대로 그녀에게 했다. 오랜만에 만났는데도 지금은 오히려 그때보다 네가 멀리 있는 것 같지 않다고.

“나도 연희가 내 얘기를 다 했다니까 차라리 마음이 편해지는 거 같았어. 지난번 동해에 왔을 때에도 그래서 가지 못했던 건데."

"술 할 줄 알아?"

이미 속은 쓰려도 맹숭맹숭한 기분으로 커피나 주스를 마시는 것보다는 그게 더 이 분위기에 편할 것 같았다. 아까 전화로 여자도 그런 말을 했었다. 그건 분위기를 봐서 내가 알아서 하면 된다고.

"알지만 오늘은 그냥 이렇게 차를 마시며 얘기를 했으면 좋겠어. 이제 석하가 다 아는 내 얘기도 하고 내가 모르는 석하 얘기도 하고. 여기가 답답하면 함께 자동차를 타고 전에 있던 광산도 가 보고, 또 다른 데도 가보고."

우리는 한 시간쯤 그 카페에 있다가 나왔다. 내가 자동차가 있는 모텔로 함께 가자고 하자 그녀는 다리까지만 따라와 가만히 걸음을 멈추었다.

"왜?"

"이 다리를 건너면 왠지 눈물이 나올 것 같아서. 아버지 생각도 나고…."

"그럼 너도 여길 떠난 다음 한 번도 안 와 봤던 거야?"

"아니. 전엔 가끔 왔었어. 여기 와서 아버지 생각도 하고."

"그런데 왜?"

"저 모텔이 들어선 다음부터는 오지 않았어. 늘 아버지한테 심부름을 가고, 아버지한테 용돈을 받으러 갔던 곳인데. 저 마당에서 고무줄놀이를 하다가 잃어버린 내 머리핀도 여러 개일 거야."

"나는 아침마다 구호를 외치던 아저씨들의 함성 소리가 생각나. 그것들이 다 땅 속에 묻혔겠구나 생각하면서도 여기에서 잠을 잤고."

"어떤 때는 이 앞을 지나다가 그런 생각을 해. 저 마당을 다 뒤져서라도 내가 잃어버린 머리핀 하나만 찾았으면 좋겠다고. 그런데 이상하게 이 다리를 건너갈 수가 없는 거야. 꼭 여기까지만 와서. 그러니까 그 머리핀 하나가 더 보고 싶어지고. 나를 기다리진 않을까, 나를 원망하지는 않을까, 이미 땅 속에 묻혀 울 것 같기도 하고. 그런데도 왜 건너갈 수 없는지 몰라."

"며칠 전 여기에 왔을 때 내 마음이 그랬다. 아마 그건 누구도 모를 거야. 여기서 우리가 다시 돌아가고 싶어하고 그리워하는 게 무엇인지."

"갔다 와. 나 여기에 있을게."

"그래."

"대신 나 여섯 시까지 동해에 데려다 줘. 함께 술을 마시게 되면 연희가 데리러 온다고 했는데, 나 석하 차를 타고 돌아가고 싶으니까. 그래서 술을 못 마시게 했던 거야. 연희 말고 석하가 나 데려다 달라고."

그러나 함께 자동차를 타고 다니는 동안 나는 그녀의 아팠던 일에 대해서도, 또 현재의 생활에 대해서도 묻지 못했다. 내가 탄을 퍼오던 마을 앞의 저탄장 자리에서부터 시작해 두 군데의 광산 자리와 또 다른 곳에 폐허처럼 허물어져가고 있는 다른 광업소의 사택지를 둘러본 다음 화비령으로 나갈 때까지 오히려 그녀가 나에게 많은 말을 했다.

"나, 그동안 석하가 쓴 글 거의 다 읽어봤어."

"아까 네가 그랬지? 그런 말하면 너 부끄러워지니까 하지 말라고. 나도 그래. 다른 건 안 부끄러운데 글 얘기만 나오면."

"그래도 하고 싶은 말이 있어. 나는 석하가 여길 떠난 다음 정동진을 다 잊은 줄 알았어."

"그때 편지 안 써서?"

"아니. 그때도 그랬지만 석하가 쓴 글 어디를 봐도 여기 얘기를 참 하지 않으니까. 다른 사람들은 자기가 자란 동네 얘기 많이 하던데. 어릴 때 얘기도 많이 하고…."

"그래."

"그래서 잊은 줄 알았어. 나도 잊고, 여기도 다 잊고…."

"아마 아파서 그랬을 거야. 글로라도 다시 여기를 떠올리는 게. 아버지의 일도 그렇고, 어머니의 고생도 그렇고, 밤마다 탄 자루를 들고 나가야 했던 일도 그렇고. 그때 내 눈에 가장 아름다웠던 사람까지도 아픔이었으니까…."

나는 내 옆자리에 앉아 있는 그녀를 바라보았다.

"그런데 지금은 내가 더 아픈 것 같지?"

"…."

"나 또 묻고 싶은 거 물을게."

"그래."

"여기 있을 땐 그 오빠가 누군지 몰라서 그랬다지만 철원에서는 왜 나보고 아무 말 안 했어?"

"그땐 상황이 그랬어."

나는 그저께 여자에겐 말하지 않았던, 그때 헌병에게 붙잡혀 있었던 얘기를 했다. 정동을 떠났던 열여섯 살 이후, 이제까지 지나간 우리 삶에서 어느 한 순간만을 떠올려 생각할 때 그때가 내겐 가장 사소한 일로 가장 큰 미련이 두고두고 남았던 때라고.

"그때 왜 너에게 다가가지 못했나 하는 생각보다 그

때 왜 행낭의 단추를 제대로 채우지 않았나 하고. 행낭의 단추만 제대로 채우고 있었더라면 널 봤을 텐데."

"어제 연희한테 석하가 철원에서 나 봤다는 말 듣고 그런 생각을 했어. 아마 그때 그랬어도 지금 내 삶이 달라지진 않았을 거야. 달라지기엔 그때 이미 오빠에게 내 모든 게 너무 많이 가 있었으니까. 아버지 돌아가시고 나서…. 나 참 나빴지?"

"아니. 나쁘게 생각하지 않아."

"일부러 그렇게 말하지 않아도 돼. 나, 그때 정말 나빴으니까."

"그저께 연희 씨한테 그 얘기 들을 때에도 내 마음이 그랬어. 다른 사람이었다면 몰라. 그렇지만 미연이 너라면, 그리고 아침마다 네가 손을 펴 보이던 그 형이라면 이해할 수 있을 것 같았어. 그때부터 서로 좋아했던 게 아니라 해도."

"내가 태어나서 참 큰 죄를 지은 거야. 나 때문에 오빠를 하늘로 보내고…. 그래서 그 일 다음에 가끔 석하를 더 생각했어. 너 여기 떠나고 아버지 돌아가신 다음 그 오빠에게 마음을 기댈 때까지 누구를 좋아해 본 적이 없으니까 더 너를 생각했는지도 몰라. 석하가 그때 편지를 하고 그랬다면, 그래서 그게 우리가 대학 들어갈 때까지 이어지고 했다면 하고. 그랬다면 그때 내가 달라져 있을지 모른다는 생각보다 그 오빠를 그렇게 보내지 않을 수도 있었을 텐데 하는 마음 때문에. 그래서 함께 술을 마시면 연희한테도 석하 얘기 많이 했었고."

"그래, 다음엔 꼭 쓸게. 잊지 않고."

화비령 터널을 빠져나와 나는 그녀에게 내 기억 속에 잡혀 있는 그녀의 가장 먼 모습에 대해서 말했다. 그때의 그 기억으로 지금도 나는 화비령, 하면 붉은 꽃이 눈처럼 날리던 산을 떠올린다고. 지금도 그래서 여기에 너와 함께 온 것이라고.

"나는 다른 모습으로 석하를 가장 먼 모습으로 기억

하고 있는데."

"어떤…‥."

"승하라는 친구가 있었지?"

"응. 같은 광업소에."

"승하가 나를 못살게 구니까 네가 말리다가 나중에 승하하고 싸웠어. 그래서 네 얼굴에서 피가 나고. 생각나?"

"그래. 말하니까 어렴풋하게."

"이제 고백할게. 아직 어렸지만 나 그때부터 석하를 좋아했어. 화비령에도 그래서 일부러 따라간 거고."

"참 늦지? 우리는 모든 게. 이런 고백도….."

"늦어도 이렇게 보니까 좋아. 전에는 언제까지고 피하고만 싶었는데."

그곳 갓길에 자동차를 세우고 우리는 오래도록 이런지런 얘기를 했다. 어떤 것은 안타깝고 또 어떤 것은 가슴 아팠다. 엊그제 여자에게 듣고 오늘 다시 그녀에게 듣는 지금 그녀의 삶이 내겐 특히 그랬다.

그러다 다섯 시가 넘어 주위가 어둑어둑해질 쯤 그녀가 동해로 데려다 달라고 말했다. 나는 2차선 고속도로 한중간에서 자동차를 돌렸다.

"이 길로 곧장 나가면 돼. 그러면 바로 동해니까."

그러나 화비령 터널을 다시 빠져나와 나는 정동 쪽으로 자동차를 몰았다.

"어디 가려고?"

"동해."

"그럼 왜 이리로 와?"

"어떤 길로 가도 우리는 지금 동해로 가. 또 어떤 길로 가도 우리가 가는 세상으로 가고."

"…."

"그렇지만 미연이 너하고 꼭 함께 가고 싶은 길이 있어."

모텔이 선 광업소 앞을 지나고, 역 앞 마을을 지나 기차 카페가 있는 언덕길을 오르자 이미 조금씩 어둠이 몰려오고 있었다. 그녀가 "그럼 어두운데 나 심곡에서 내려줘. 연희 가게 앞에."라고 말했다.

　그러나 나는 심곡에 다 와서도 아무 말 없이 헌화로 쪽으로 자동차를 몰았다. 이미 어둑어둑한 어둠 속에서도 지난번처럼 파도가 우리가 탄 자동차를 밀어낼 듯 절벽길로 하얗게 몸을 부딪쳐 왔다.

　"이 길로 오고 싶었던 거야?"

　"그래."

　"그런데 왜 아까부터 아무 말 안 해? 돌아올 때부터."

　"이제부터 말하려고."

　"해, 그럼."

　"여기 절벽 위엔 언제쯤 꽃이 필까?"

　"3월말이면 필 거야, 진달래가. 이제 한 달 반만 있으면."

　"그때 나 다시 여기로 올까?"

　"진달래 따러?"

　"아니."

"그럼?"

"오늘은 그냥 가지만 그때 오면 너에게 이 절벽 끝의 꽃을 꺾어 바치려고."

"…."

"올까?"

"석하야."

"말해."

"그렇지만 나 못 받아."

"왜?"

"나는 이미 이 세상에 태어나 큰 꽃 두 개를 받았어. 하나는 이 세상에서 가장 위험한 꽃이었고, 또 하나는 지금 내 곁에 있는 이 세상에서 가장 아름다운 꽃이고."

"네가 지켜야 하는 꽃이면 그 꽃도 우리 곁에 있게 하고."

"아니. 나 욕심이 많아서 누구에게도 그 향기를 나누어주고 싶지 않아. 그리고 그 꽃에 내 입김만 불어

넣고 싶고."

"…."

"미안해, 석하야. 그 아이를 데리고 올 때 처음 약속한 내 마음이 그래. 앞으로도 흔들리지 않을 거고. 그러니까 이제부터 나 흔들지 마. 니가 흔들면 내가 흔들리는 게 아니라 내가 들고 있는 꽃이 흔들리니까."

"미연아."

"…."

우리가 달려온 어둠 속에서도 내 눈엔 제 빛깔로 보였던 푸른 바다와 붉은 절벽 사이의 헌화로는 거기에서 끝이 나 있었다.

"참, 서울엔 언제 갈 거야?"

"…."

"석하야. 물었어, 내가."

"모르겠어."

"내일 올라가. 옛날처럼 해 뜨는 거 보고."

"그러다 자동차가 움직이지 않으면?"

"…."

그녀의 왼손이 가만히 올라와 핸들을 잡고 있는 내 오른손 위에 얹어졌다. 나도 핸들에서 손을 떼어 가만히 그녀의 손을 잡았다.

"옛날의 누구는 그랬대. 자동차가 아니라 그 사람의 다른 무엇이 움직이지 않을 때 입고 있던 옷을 벗어 그 위에 얹어주었대."

"…."

"그보다 더 무거운 거야?"

"…."

"그렇지 않으면 갈 수 있을 거야. 또 가야하고…."

나는 오래도록 그 손을 잡았다. 그녀도 손을 빼지 않았다.

그때 정동진에 가면

모텔 프론트의 여자에게 모닝콜을 부탁했다. 동해
에 나갔다가 늦은 시간 들어오면서 본 프론트 게시판
엔 '내일 해 뜨는 시간 07시 26분'이 적혀 있었지만 그
보다 일찍 여섯 시쯤 깨워달라고 했다. 로비의 여자도
아까 일부러 밖에 나가 별을 봤다며 내일은 해를 볼
수 있을 거라고 말했다.

정확하게 여섯 시에 자리에서 일어나 어젯밤 미리
싸두었던 짐을 챙겨들고 나가 트렁크에 넣고, 어두운
새벽길을 따라 역으로 나갔다. 정동을 떠나기 전 이제
마지막으로 그곳에 나가 해돋이와는 또 다른 무엇을

내 눈으로 직접 확인해야 할 것이 있었다.

아직 많은 사람은 아니지만 그 시간에도 역 주변엔 적지 않은 사람들과 자동차들이 모여들고 있었다. 며칠 전 낮에 보았던 것보다 더 많은 포장마차들이 자동차 한 대가 주차장으로 들어갈 틈만 내놓고 야시장처럼 역 주변을 가득 메우고 있었다. 겨우 자동차를 그 안에 넣고 역으로 와 예전에 이곳에서 끊었던 기차표와 똑같은 크기의 300원짜리 꼬마 입장권(참 정겹기도 했다. 전철표 크기만 한)을 끊어 플랫폼 쪽으로 나갔다.

그러면서 역 주변을 환하게 비추는 불빛 아래 이제 정동진역의 어떤 상징처럼 되어버린 그 소나무를 보았다. 바닷바람에 철로 쪽으로 몸을 휜 그 소나무가 예전에도 그 자리에 있었는지 없었는지 나는 모른다. 있었다면 아주 작은 나무였을 그 소나무 아래엔 쇠사슬로 보호대가 쳐 있었고, 거기에 '모래시계 소나무'라고 새겨진 표석이 박혀 있었다. 나도 예전에 그 드라마의 그 장면을 보았다.

드라마의 클라이막스에 이르러 여자는 어느 바닷가 마을로 몸을 피하고, 또 그곳까지 자신을 체포하러 온 경찰을 피해 바닷바람에 역사 쪽으로 몸이 휜 그 소나무 뒤에 마지막으로 자신의 몸을 숨겨보지만 끝내 안타깝게 체포되고 마는, 그 드라마 전체를 통해서도 가장 인상 깊은 장면이었다.

어쩌면 그것이 오직 화면만을 통해 보여지는 이미지로 어필하고 그 이미지로 승부를 거는 영상의 매력이자 바닷가의 한 작은 마을 정동을 오늘의 정동진으로 바꾸어준 영상의 위력인지도 몰랐다.

그때 화면에 잡힌 역 풍경을 보며 나는 정동은 예전이나 지금이나 똑같구나, 하는 생각을 했었다. 그러나 그 몇 년 사이 지금은 이미 그때의 정동이 아닌 것이 있다.

아직 해가 뜰 시간이 멀었지만 역을 통과해 많은 사람들이 해변으로 몰려들었다. 그때 묵호 방면에서 해가 뜨기 전의 마지막 기차가 들어왔다.

나는 옛날 우리가 섰던 자리에 서서 그 옛날 누군가 그랬던 것처럼 그 기차 안의 누군가를 향해 가만히 내 손을 펴 보였다.

그러나 나를 반긴 것은 기차 안의 그 자리에 앉아 있는 어떤 사람이 아니라 기차가 도착한 시간에 맞추어 〈모래시계〉의 배경 음악과 함께 틀어주는 정동진역의 안내 방송이었다.

"저희 정동진역을 찾아주신 손님 여러분, 안녕하십니까? 여러분은 방금 정동진역에 도착했습니다. 우리 정동진역은 모래시계 등 여러 인기 드라마들과 영화, 각종 씨에프의 촬영 장소로 널리 알려진 곳으로 수려한 자연환경과 서울 정동에서 떠오르는 해돋이의 명소로…."

오히려 그 앞에 손을 펴 보이고 있는 내가 스스로에게 면구스러울 정도였다.

다시 기차가 떠난 자리에 '오늘 해 뜨는 시간 07시

26분' 하고 플랫폼에 세워놓은 일출 시간만 아프게 눈에 들어왔다.

어린 시절 이곳에서 우리는 앞으로 어떤 세상으로 나갈지 모를 게처럼 작은 몸들을 싣고 두 칸이거나 세 칸짜리 기차를 타고 다녔다. 그러나 묵호의 그 형도, 그를 향해 가만히 손을 펴보이던 그녀도, 그리고 먼 발치에서 그것을 바라보던 어린 날의 내 모습도, 이제 이곳 어디에도 우리가 돌아갈 내 마음의 '정동'은 없었다.

남아 있는 것은 한 그루의 이발소 그림 같은 소나무와 그 앞에 줄을 서서 사진을 찍는 관광객들의 정동진과 정동진역뿐이었다. 비록 땅에 허리를 휘어붙이기는 했지만 저 나무는 이제 보다 많은 사람들의 관심 속에 오랜 수명을 누리며 이곳을 찾는 오랑캐들의 특별한 사랑을 받을 것이며, 수명이 다 하는 날까지 장구한 세월을 이곳의 바람과 비와 눈과 햇볕을 이겨내며 꿋꿋하게 버텨 서 있을 것이다.

그대 정동진에 가면

이제 곧 먼 바다로부터 붉은 해가 떠오를 것이다. 그러나 그러기 전에 나는 꼭 한마디 부탁의 말을 전하는 것으로 이 글을 마치려고 한다.

나로서는 누군지도 모를 이 글을 읽는 그대, 언제고 정동진에 가거든 지금보다 조금은 더 경건한 마음을 가져주길 바란다. 내가 자랐던 한때에도 그랬고, 그리고 그 모든 것이 바뀐 지금도 그곳엔 나와 그대가 알지 못할 그곳 사람들의 힘겹고도 아픈 삶이 있다. 대대로 그곳에서 농사를 지으며 살아왔던 사람들, 목숨을 바쳐 그곳 땅속 깊숙한 곳에서 탄을 꺼내왔던 사람들, 김을 따고 미역을 따고 고기를 잡기 위해 거친 바다와 싸우고 파도와 싸워온 사람들, 그리고 지금도 그것들과 힘겹게 싸우고 있는 어부와 또 뒤늦게 바다로 나가 어부가 된 옛 광부들….

지금처럼 그곳에 붉게 떠오르는 아침 해를 보러, 혹은 우리 마음 안의 비눗방울 같은 환상 속에 왠지 꼭 한 번 가보지 않으면 안 될 것 같은 마음에 그곳에 간

그대가 밟고 선 곳이 혹시 그런 그들의 삶의 마당이었던 자리, 지금도 그 마당인 자리가 아닌가 생각해주길 바란다.

나 역시, 그곳의 내 오랜 친구들과 내 오랜 연인, 내 오랜 고향 사람들을 생각하며, 이것도 결국 정동진을 팔아먹고 만 것인지도 모를 이 글에 대해 오래 그렇게 반성하겠다.

꽃피고 새 울어 나 다시 그곳에 꽃을 꺾어 바치러 가게 되더라도….

그대 부디….

그대
정동진에
가면

정동초등학교
미연
석화

화병령
진달래
하얀 블라우스
분홍 스웨터
물방울무늬 치마

광양앞소

어머니

아버지

안힌화력발전소

노두

화목

현탄

중학교 3학년

상주

망덕사는

강릉화장터

정동진역

기차

강릉향교

백일장

묵호

서울

이사

큰사람

이별

빗방울
동해시청
사인회
싸인회
반지락
사진

오랑캐

모래시게

심곡

꽃을 꺾어 바치고

욱게

헌화를

헌화가

철원

버스 정류장

사촌 오빠

면회

자살

동생

아비

몰래서니게

기차녁

해돋이

여행

관광

생일

초대

전화

면도

광선

화비령 터널

승하

고백

헌화를

기차역
플랫폼
손
오늘 해 뜨는 시간 07시 26분

그대 정동진에 가면

그대 정동진에 가면

2015년 8월 19일 초판 1쇄

글쓴이 이순원

펴낸이 이순영 ‖ **편집** 이루리 ‖ **마케팅** 이상수 ‖ **홍보** 이진아 ‖ **디자인** 강해령

인쇄 한영문화사 ‖ **제본** 대원바인더리

펴낸곳 북극곰 ‖ **출판등록** 2009년 6월 25일 (제300-2009-73호)

주소 서울시 은평구 진관동 은평뉴타운 우물골 236동 B112호

전화 02-359-5220 ‖ **팩스** 02-359-5221 ‖ **이메일** bookgoodcome@gmail.com

홈페이지 www.bookgoodcome.com ‖ **블로그** http://blog.naver.com/codathepolar

페이스북 http://www.facebook.com/bookgoodcome ‖ **인스타그램** @bookgoodcome

ISBN 978-89-97728-96-1 03810 ‖ **값** 15,000원

ⓒ 이순원, 2015

「이 도서의 국립중앙도서관 출판시도서목록(CIP)은 서지정보유통지원시스템 홈페이지(http://seoji.nl.go.kr)와 국가자료공동목록시스템(http://www.nl.go.kr/kolisnet)에서 이용하실 수 있습니다. (CIP제어번호: CIP2015020856)」